Gudrun Pausewang:
Geliebte Rosinkawiese
Die Geschichte einer Freundschaft
über die Grenzen

Deutscher
Taschenbuch
Verlag

Von Gudrun Pausewang
sind im Deutschen Taschenbuch Verlag erschienen:
Die Freiheit des Ramon Acosta (10122)
Kinderbesuch (10676)
Der Weg nach Tongay (10854)
Pepe Amado (11088)
Aufstieg und Untergang der Insel Delfina (11218)
Rosinkawiese (11489)
Fern von der Rosinkawiese (11636)
Plaza Fortuna (11690)

Ungekürzte Ausgabe
Juli 1993
Deutscher Taschenbuch Verlag GmbH & Co. KG,
München
© 1990 Ravensburger Buchverlag Otto Maier GmbH
ISBN 3-473-35113-X
Umschlagtypographie: Celestino Piatti
Umschlagbild: Quint Buchholz
Gesamtherstellung: C. H. Beck'sche Buchdruckerei,
Nördlingen
Printed in Germany · ISBN 3-423-11718-4

Das Buch

»Die Rosinkawiese war ein Paradies, in dem wir Kinder im Einklang mit der Natur aufwuchsen...« Auf dem zwei Hektar großen Gartenland im nordöstlichsten Zipfel Böhmens gab es einen Teich und ein für heutige Ansprüche kleines Holzhaus. Hier, bei Wichstadtl (Mladkov), hat Gudrun Pausewang ihre Kindheit verbracht, von hier mußte sie 1945 mit der Mutter und fünf Geschwistern fliehen. 1964 sieht sie den Ort zum erstenmal wieder. Von da an ist sie häufiger Gast, und über die Jahre entwickelt sich eine enge Freundschaft mit der tschechischen Familie, der die Rosinkawiese heute gehört. Diese Reisen ins Nachbarland sind auch Reisen in die eigene Vergangenheit, Spurensuche, Annäherung an den geliebten Vater. Und nicht zuletzt eine Auseinandersetzung mit den politischen Veränderungen in Ost und West.

Die Autorin

Gudrun Pausewang wurde am 3. März 1928 in Wichstadtl in Böhmen geboren. Sie wurde Lehrerin, unterrichtete an deutschen Schulen in Chile, Venezuela und Kolumbien und war seit ihrer Rückkehr aus Lateinamerika im Jahre 1972 bis 1989 als Lehrerin in der Nähe von Fulda tätig. Einige Werke: ›Der Weg nach Tongay‹ (1965), ›Plaza Fortuna‹ (1966), ›Guadalupe‹ (1970), ›Aufstieg und Untergang der Insel Delfina‹ (1973), ›Karneval und Karfreitag‹ (1976), ›Wie gewaltig kommt der Fluß daher‹ (1978), ›Rosinkawiese‹ (1980), ›Die Freiheit des Ramon Acosta‹ (1981), ›Die letzten Kinder von Schewenborn‹ (1983), ›Kinderbesuch‹ (1984), ›Pepe Amado‹ (1986), ›Die Wolke‹ (1987), ›Fern von der Rosinkawiese‹ (1989), ›Rotwengel-Saga‹ (1993).

*Schlitz, den 1. September 1989,
am 50. Jahrestag des Zweiten Weltkriegs,
den wir, die Deutschen,
ausgelöst und zu verantworten haben*

Liebe Leser,

dies ist mein drittes – und sicher letztes – Buch über die Rosinkawiese. Schon seit ein paar Jahren drängt es mich, es zu schreiben. Denn ohne es würde der in meinen Augen wichtigste Teil der Rosinkawiesen-Geschichte fehlen.

Denen unter Euch, die die Rosinkawiese aus den beiden anderen Büchern noch nicht kennen, will ich sie und ihre Geschichte kurz vorstellen:

Sie ist ein zwei Hektar großes Gartenland rund um einen stattlichen Teich und ein – für unsere heutigen Ansprüche – lächerlich kleines Holzhaus. In diesem Haus, diesem Garten bin ich mit meinen Geschwistern aufgewachsen.

Viele von Euch erwarten jetzt die Vokabel *Heimat*. Ich scheue mich, sie zu benutzen. Zuviel Schindluder ist mit ihr getrieben worden. Ich möchte mein Verhältnis zur Rosinkawiese so formulieren: Dort fühlte ich mich als Kind geborgen, dort war für mich während meiner ersten Lebensjahre der Mittelpunkt der Welt.

Die Rosinkawiese liegt in der Tschechoslowakei, im äußersten nordöstlichen Zipfel Böhmens, dort, wo Polen mit dem Rhombus des »Glatzer Kessels« tief in das Nachbarland hineinragt. An der Südspitze dieses Rhombus, den die Hänge des Adlergebirges, des Reichensteiner Gebirges, des Eulengebirges und des Grulicher Schneeberges formen, liegt auf der tschechischen Seite, nur etwa drei Kilometer von der Grenze entfernt, der Marktflekken Mladkov, der früher Wichstadtl hieß.

Es ist nicht mehr feststellbar, seit wann die Familie meines Vaters hier zu Hause war. In meiner Kindheit hörte ich nur: »Seit immer.« Mein Großvater war Oberlehrer, also Schulleiter der dreiklassigen Volksschule gewesen; zugleich schätzte man ihn aber auch als Feuerwehrhauptmann, Vorstandsmitglied einiger Vereine und Heimatdichter. Meine Großmutter war dagegen nur bekannt als Frau meines Großvaters. Sie stammte aus einer Bauernfamilie.

Mein Vater, jüngstes von sechs Kindern, hatte das Gymnasium in Landskron besucht und dann Landwirtschaft in Wien und Breslau studiert. Als Diplomlandwirt hatte er 1922 die Verwaltung der Landwirtschaft des Hermann-Lietz-Landwaisenheimes Veckenstedt im Harz übernommen, wo er meine Mutter kennenlernte, die dort als Erzieherin arbeitete. Im Jahr 1924 heirateten sie.

Beide, Vater und Mutter, kamen aus der Jugendbewegung, die sich vor allem als Protestbewegung gegen das verkrustete Bürgertum des ausgehenden 19. Jahrhunderts verstand. Im Zusammenhang mit diesem Widerstand waberten nach dem Ersten Weltkrieg in der Jugendbewegung und ihr nahestehenden Kreisen Träume von der Rückkehr zur Natur, vom einfachen Leben, von einer Existenz auf der »eigenen Scholle«, wie man das damals nannte. Und die meisten der Träumer weigerten sich grundsätzlich, sich mit der Politik ihrer Zeit kritisch und konstruktiv auseinanderzusetzen. Sie suchten politikfreie Nischen – und fanden sie.

Auch meine Eltern gehörten zu diesen Träumern. So verschieden sie in ihrer Art und von ihrer Herkunft auch waren – meine Mutter, Saarbrückerin, stammte aus einer ursprünglich begüterten, gutbürgerlichen Familie –, so einig waren sie sich darin, wie sie ihr zukünftiges gemeinsames Leben gestalten wollten.

Sie zogen nach Wichstadtl, erwarben nach langem Hin und Her die einsame Sumpfwiese zwischen dem Ort und dem Nachbardorf Lichtenau, die von den Wichstadtler

Bauern spöttisch »Rosinkawiese« (Rosinenwiese) genannt wurde, und bauten mit Hilfe eines Darlehens und einer Summe, die der Großvater als Vorauszahlung des Erbteils zuschoß, ein kleines, aber außerordentlich geschickt bis in die letzte Ecke durchdachtes Holzhaus darauf. Daß diese Wiese so ziemlich das unfruchtbarste Stück Land innerhalb der Wichstadtler Gemarkung war, störte sie nicht. Im Gegenteil: Im Ungestüm ihres jugendlichen Idealismus betrachteten sie diesen Umstand als Herausforderung: »Wartet nur ab – ihr werdet noch staunen, was wir daraus machen!«

Meine Eltern waren fleißig, anspruchslos und körperlich robust. In ein paar Jahren hatten sie tatsächlich mit Hilfe eines Handpflugs, vor den sich jeweils mein Vater oder meine Mutter spannte, den größten Teil des Grundstücks in Gemüse- und Blumenbeete, vor allem aber in Erdbeerbeete verwandelt. Zahlreiche Obstbäume und Beerensträucher, von meinem Vater gepflanzt, begannen langsam zu tragen, und nach Westen, Norden und Osten hin sollte eine dichte, für die Ungeduld meiner Eltern viel zu langsam wachsende Reihe von Pappeln und Fichten die Rosinkawiese später vor Stürmen schützen.

Herz des Ganzen war der Teich, der ein paar Jahre zuvor von der Gemeindeverwaltung zur Entwässerung der Sumpfwiesen angelegt worden war, aber nie richtig funktioniert hatte und nun nur noch den Wichstadtler Metzgern und Gastwirten als Quelle mächtiger Eisschollen diente, die sie in ihren Kellern lagerten, um Fleisch und andere Lebensmittel damit zu kühlen. Eisschränke kannte man damals noch nicht – zumindest nicht in Wichstadtl.

Für uns sechs Kinder war der Teich – sechzig mal sechzig Meter groß – ein Ort des Vergnügens. Im Sommer badeten wir mehrmals am Tag in ihm, lernten schwimmen, bauten Teiche und Staudämme aus Matsch, fingen Kaulquappen und stakten eine alte Kellertür, die als Floß diente, rund um die Insel.

Die Rosinkawiese war ein Paradies, in dem wir Kinder im Einklang mit der Natur aufwuchsen – zwar kopfschüttelnd beobachtet von den Wichstadtlern, die nicht begreifen konnten, was meinen Vater, einen »Studierten«, dazu trieb, so und nicht anders zu leben; aber geborgen in dieser von den Träumen, den Utopien unserer Eltern ganz und gar geprägten kleinen, abgeschlossenen Welt. Daß wir in Armut leben mußten, störte uns nicht. Wir kannten ja kein anderes Leben. Basis unserer Nahrung war die Milch unserer Ziegen, war das Gemüse und Obst aus unserem Garten, waren die Kräuter, Pilze und Beeren aus der waldreichen Landschaft, die uns umgab.

Aber es erwies sich bald, daß die immer größer werdende Familie nicht von den Erträgen der Rosinkawiese leben konnte. Das Darlehen mußte in monatlichen Raten zurückgezahlt, Mehl, Zucker und Brot, Kleider und Schuhe mußten gekauft, Strom- und Arztrechnungen mußten beglichen werden. Der Verkauf von Erdbeeren und Blumen auf dem Marktplatz der dreizehn Kilometer entfernten Kreisstadt Grulich genügte nicht. Wir nahmen zahlende Sommergäste auf, und der Vater wurde für die Dauer der Wintermonate als Lehrer an einer Bauernschule tätig – Kompromisse über Kompromisse, was die »reine Lehre« meiner Eltern betraf. Darunter litten sie.

Im Jahr 1937 ging mein Vater sogar hinüber nach Deutschland, wo er als Lehrer in einer Breslauer Landwirtschaftsschule unterrichten konnte. Wir zogen ihm nach. Die Rosinkawiese überließen wir nur widerstrebend einem jungen Pächterehepaar.

Mein Vater hatte sich nach den ersten, mühsamen Jahren auf der Rosinkawiese, die seine Arbeitskraft und sein Denken ganz und gar beansprucht hatten, während der wachsenden deutsch-tschechischen Spannungen zunehmend für die kulturellen und politischen Belange der deutschen Minderheit eingesetzt, die über die Grenze hinweg vom inzwischen an die Macht gekommenen Nationalsozialismus ermutigt und unterstützt wurde. Und

Die Rosinkawiese im Sommer 1939

so identifizierte er sich – erschreckend konsequent – mit den Zielen des Nationalsozialismus. Nach dem »Anschluß« des Sudetenlandes an das »Großdeutsche Reich« im Oktober 1938 kehrten wir darum voller Freude auf unsere Rosinkawiese zurück. Meine Eltern hatten inzwischen allerdings begriffen, daß ihre vielköpfige Familie unmöglich von den Erträgen einer Rosinkawiese leben konnte; also übernahm mein Vater eine Stelle als Wirtschaftsberater der für das Adlergebirge zuständigen »Kreisbauernschaft« in Mährisch Trübau. Dort verdiente er gut und konnte über die Wochenenden heimkommen. Daheim besorgte er dann das Mähen und Umgraben und andere Arbeiten, die der Mutter, die nun mit dem fünften Kind schwanger war, zu schwer wurden.

Nun, von der drückenden Existenznot befreit, konnten meine Eltern die von Jahr zu Jahr zunehmende Schönheit der Rosinkawiese genießen. Die Pappelreihe ragte schon bis zum Giebelfenster, der Teich war von jungen Birken und dicht wucherndem Gebüsch umsäumt, die Obstbäume, die die mörderischen Winter heil überstanden hatten, trugen reichlich. Die Realität begann sich allmählich dem Bild anzunähern, das sich meine Eltern beim Erwerb der Sumpfwiese von ihrer zukünftigen gemeinsamen »Schöpfung Rosinkawiese« gemacht haben mögen.

Aber es kam alles anders: Kurz nach der Geburt des fünften Pausewang-Kindes brach Hitler den Zweiten Weltkrieg vom Zaun, und zum Entsetzen meiner Mutter meldete sich mein Vater freiwillig zum Militärdienst, obwohl inzwischen das sechste Kind unterwegs war.

Ach, der Vater war so ganz und gar kein Haudegen, kein Draufgänger! Aber er fühlte sich auf eine verhängnisvolle Weise der nationalsozialistischen Idee verpflichtet. Er zahlte dafür: 1943 kam er in Rußland um.

Meine Mutter wuchs an der Aufgabe, mit den sechs Kindern und der Rosinkawiese allein fertigzuwerden. So hart sie der Tod ihres Gefährten getroffen hatte, so intensiv stellte sie sich der Aufgabe, diese Herausforderung zu bewältigen. Als Kriegswitwe hatte sie unter keinen Geldsorgen zu leiden. Arbeitskräfte – eine zwangsverpflichtete junge Ukrainerin, ein französischer, später ein ukrainischer Kriegsgefangener, ein deutsches »Pflichtjahr«-Mädchen – halfen ihr bei der Garten- und Hausarbeit. Die Rosinkawiese blieb während des ganzen Krieges verschont; in diesem ländlichen Gebiet fielen keine Bomben, und erst in den letzten Kriegswochen näherte sich Geschützdonner.

Der Krieg holte uns auf der Rosinkawiese erst nach dem Waffenstillstand ein. Die Russen besetzten das Dorf. Hitlers brutale Okkupation der Tschechoslowakei, Heydrichs Schreckensregiment in Prag, die von Deutschen verübten Greuel in Lidice – all das hatte zur Folge, daß nun, da uns keine deutsche Armee mehr beschützte, der aufgestaute Haß der Tschechen über uns Sudetendeutsche hereinbrach. Nach einem Massaker in Wichstadtl flüchteten wir, meine Mutter und wir sechs Kinder – ich war die Älteste und damals 17 Jahre alt –, über die Grenze in das nächste Dorf, das außerhalb der

Tschechoslowakei lag. Von dort zogen wir – nachdem meine Mutter zu der Überzeugung gekommen war, daß die Familie eines deutschen Offiziers und Nationalsozialisten keine Zukunft in einem tschechischen Staat haben konnte – quer durch Deutschland zunächst bis nach Lübz in Mecklenburg, wo wir auf dem Weg zur einzigen Schwester meiner Mutter, die in Winsen an der Luhe wohnte, für drei Monate aufgehalten wurden. Sieben Wochen dauerte diese Reise. Dabei legten wir, meist zu Fuß, etwa neunhundert Kilometer zurück. Es war eine Wanderung des Hungers, der Angst und der Rechtlosigkeit – und was mich betrifft: eine Zeit des Zusammenbruchs meiner bisherigen Ideale, des Entsetzens angesichts der sich immer mehr enthüllenden Unmenschlichkeiten des Hitler-Regimes und des mühsamen Sich-

Das letzte Bild mit dem Vater, Sommer 1942

Zurechtfindens in den deprimierenden Gegebenheiten der unmittelbaren Nachkriegszeit.

Im Abstand von knapp zwei Wochen zog ein großer Teil der Wichstadtler Bevölkerung hinter uns her, ohne daß wir das ahnten. Man hatte die Leute im Juni innerhalb einiger Stunden über die Grenze ins sogenannte »Altreich« abgeschoben. Die wenigsten von ihnen hatten irgendwo in Deutschland Verwandte, auf die sie zuwandern konnten. Sie zogen sozusagen ins Nichts.

Ende Oktober 1945 kamen wir Pausewangs dann doch mit einem Zugtransport hinüber in die englisch besetzte Zone, »deklariert« als heimkehrende Bombengeschädigte aus Hamburg, und fanden Hilfe und Unterkunft bei Mutters Schwester und Schwager.

Im Gegensatz zu jenen Wichstadtlern, die Hals über Kopf ihr Haus, ihren Ort verlassen mußten, hatten wir uns für den Abschied Zeit nehmen können. Wir hatten uns ja aus eigenem Willen entschieden, fortzugehen. Nachdem wir vier- oder fünfmal über die Felder zurückgekehrt waren und die Ziegen wie auch das nötigste Gepäck für unterwegs herausgeholt hatten, standen die Mutter und ich beim letzten Mal lange oben auf dem Grenzhügel und schauten zurück zur Rosinkawiese, die sonnenbeschienen unter uns am Fuß des Hanges lag. Die Birken spiegelten sich im Teich, die Blätter der Pappeln blitzten im Licht. Wir wußten, daß wir nicht so bald, vielleicht nie wieder hierher zurückkehren würden. Es war ein sehr bewußter, vor allem für die Mutter sehr schmerzlicher Abschied. Denn die Jahre auf der Rosinkawiese waren das Herzstück ihres Lebens gewesen.

Der Rest der deutschen Bevölkerung Wichstadtls, das nun Mladkov hieß, wurde erst ein gutes Jahr später ausgesiedelt. Von diesen Leuten erfuhren wir, daß eine alleinstehende tschechische Frau in unser Haus eingezogen war, es aber im harten Winter 1945/46 schon wieder verlassen hatte. Darüber wunderten wir uns nicht, denn wir wußten, wie hart schon ein normaler Winter auf der Rosinkawiese sein konnte. Auch wir waren während der Wintermonate der letzten Kriegsjahre in eine Notwohnung im Ort gezogen und erst im Frühjahr auf die Rosinkawiese zurückgekehrt.

Jahre später schickte mir eine Wichstadtlerin ein Foto zu, das sie im Frühjahr 1946 auf einem Brennplatz neben der Rosinkawiese gefunden hatte. Offenbar hatte die zwischenzeitliche Bewohnerin dort alles, was sie an Papieren und Fotos in unserem Haus vorgefunden hatte und was ihr nicht aufhebenswert erschienen war, zusammengetragen und verbrannt. Auf dem Foto bin ich als Vier- oder Fünfjährige zu sehen, schneeüberstäubt, mit Pudelmütze, einsam in einer weißen Landschaft.

Zu dieser Zeit, als sie das Foto aufhob, sei die Rosinkawiese unbewohnt gewesen, berichtete die Wichstadtlerin. Aber die Haustür habe offengestanden.

Das erste Wiedersehen

Nach einem halbjährigen Aufenthalt in Winsen an der Luhe zog ich im Frühsommer 1946 zu meiner Großmutter und meinem Stiefgroßvater nach Wiesbaden, wo sich mir die Möglichkeit bot, das Gymnasium weiterzubesuchen. Ich machte mein Abitur, wurde Lehrerin und ging zum Anfang des Jahres 1956 nach Chile in den Auslandsschuldienst.

Ich kann mich nicht erinnern, während der reichlichen zehn Nachkriegsjahre jemals den Wunsch verspürt zu haben, auf die Rosinkawiese heimzukehren. Dort hatte unsere Familie – so ganz anders als die Dörfler lebend – doch eigentlich eine Art Außenseiterleben geführt. Die für mich so ganz neue, aufregende Nachkriegsatmosphäre mit ihren anderen Wertmaßstäben und den sich mir reichlich bietenden Begegnungen mit Menschen unterschiedlichster Lebensweise und Weltanschauung absorbierte meine ganze Aufmerksamkeit. Außerdem träumte ich schon seit meiner Gymnasialzeit von einem Aufenthalt in Südamerika und ordnete, nomadisch veranlagt, diesem Ziel sogar meine Berufswahl unter. Mein Blick war also nicht nach rückwärts gerichtet.

Wohl aber litt ich damals in Wiesbaden an Heimweh nach meiner Mutter und meinen Geschwistern, die erst im Frühjahr 1947 die Zuzugsgenehmigung nach Wiesbaden erhielten. Wenn ich je in meinem Leben Heimweh empfand, dann bezog es sich fast immer auf Menschen, nicht auf Orte.

Bis zu meiner Abreise nach Südamerika war die tschechische Grenze für Deutsche, die ihren Heimatort wiedersehen wollten, geschlossen. Aber als ich dem Fünfjahresvertrag mit der deutschen Schule in Temuco/Südchile noch einen zweieinhalbjährigen Vertrag mit der deutschen Schule in Maracaibo/Venezuela folgen ließ, erfuhr ich dort, in der Metropole des venezolanischen Ölgebietes, aus deutschen Zeitungen, daß man nun wieder als deutscher Tourist die Tschechoslowakei bereisen durfte.

Diese Nachricht elektrisierte mich. Nicht Heimweh, sondern Neugier trieb mich um. Zu Pfingsten 1964, ein reichliches halbes Jahr nach meiner Heimkehr aus Venezuela und nun als Lehrerin an einer Grundschule in Mainz-Kastel tätig, fuhr ich zusammen mit meinem Bruder Siegfried in die Tschechoslowakei. Das ist jetzt über ein Vierteljahrhundert her. Ich war damals 36, mein Bruder 27 Jahre alt. Die Erinnerung an diese erste Reise ist merkwürdig fadenscheinig geworden, hat sich fast aufgelöst.

Wir fuhren in meinem VW-Käfer über Prag und Hradec Králové, das frühere Königgrätz, nach Mladkov/Wichstadtl. Ich erinnere mich an den Augenblick, als wir an einem wunderschönen Maiabend, kurz vor Sonnenuntergang, von Westen her über die Bergkuppe kamen und den Ort unter uns liegen sahen – so klein, so klein! Und ostwärts davon dieser Park, der lange Abendschatten warf – war das die Rosinkawiese? Die ganze Landschaft erschien mir wie geschrumpft, die Hänge waren viel steiler, alles war mehr zusammengerückt, die Distanz vom Dorf zu unserem ehemaligen Haus, dessen rotes Dach zwischen den Bäumen im Abendlicht schimmerte, schien um die Hälfte gekürzt. Wie weit war mir dieser Kilometer in meiner Kindheit oft geworden!

Der Schein trog. Hier war nichts kleiner geworden. Aber in der Zwischenzeit war *ich* gewachsen. Nicht nur äußerlich.

Wir fuhren den Hang zum Ort hinunter. Links am Wegrand, außerhalb des Dorfes, lag der Friedhof. Wir hielten an und stiegen aus. Das vordere Drittel des Friedhofs war liebevoll gepflegt. Auf den Grabsteinen lasen wir tschechische Namen. Der Hintergrund war überwuchert von Brennesseln, Himbeer- und Brombeergestrüpp. Hier hatte sich die Natur ungestört breitgemacht.

Ich wußte noch den ungefähren Standort des Grabes meiner Großeltern. Meinem Bruder dagegen, der Wichstadtl im Alter von acht Jahren verlassen hatte, waren nur noch wenige Erinnerungen geblieben. Wir kämpften uns durch das Gestrüpp und fanden schließlich den geborstenen Grabstein. Mein Großvater hatte sich gewünscht, auf diesem Friedhof begraben zu sein. Sein Wunsch war in Erfüllung gegangen: 1938 war er gestorben. Und die Großmutter hatte es – ein Jahr vor Kriegsende – auch noch rechtzeitig geschafft, neben ihm »in die Heimaterde« zu kommen. Jetzt ruhten sie da im Gestrüpp, aber nicht in ihrer Heimat, denn die war auf und davon gezogen mit den Menschen, die hier gelebt hatten. Niemand mehr war da, der das Grab gepflegt hätte.

Wir fuhren auf den Marktplatz. Mir wurde plötzlich bewußt, wie häßlich der war. An diesem Tag hatten wir so viele Marktplätze großer und kleiner Orte überquert, aber kaum einer war mir so häßlich erschienen wie dieser. War es die verklärende Erinnerung, die sich beleidigt fühlte?

Ich ging mit Siegfried an der Kirche vorbei zum Haus der Großeltern. Von weitem sah es noch so aus wie eh und je. Sogar der alte Haferbirnbaum stand noch, füllte den Raum zwischen dem Wohnhaus und dem Bienenhaus. Nur das hölzerne, luftige »Lusthäuschen«, in dem wir so oft gespielt hatten, war nicht mehr da. Und eine ältere, magere Frau, die aus dem Bienenhaus kam, beobachtete uns mißtrauisch, als ich hierhin und dorthin deutete. Ja, an den Schleien- und Goldfischteich konnte sich Siegfried auch noch erinnern.

Als wir am Zaun entlang hangabwärts weiterschlenderten, kamen wir an Nachbar Scholzens altem Holzhaus vorbei. Die Scholzfamilie, das wußte ich, war seit achtzehn Jahren im Westen, das Haus hatte offenbar keiner gewollt, es war in sich zusammengesunken, unbewohnbar geworden. Das große Dach saß so schief auf den Trümmern, daß es mit der einen Seite auf den Boden stieß.

Der Marktplatz von Mladkov/Wichstadtl

Im Gasthof am Marktplatz kamen wir unter, erhielten in dem alten Gebäude, das modrig roch, ein Zimmer im ersten Stock. Dieses Haus hatte einem Amerikaheimkehrer gehört, den, so behaupteten böse Zungen, nicht Heimweh nach Wichstadtl zurückgetrieben hatte, sondern die drohende Gefahr, im Kittchen zu landen, weil er mit den Prohibitionsgesetzen in Konflikt geraten war.

Wir setzten uns in die Wirtsstube und bestellten ein Essen. Die anderen Gäste beobachteten uns aus den Augenwinkeln. Sie kannten einander, und wir waren Fremde. Sie hatten unser deutsches Autokennzeichen gesehen und hörten uns deutsch sprechen. Damals setzte der »Heimat-Tourismus« gerade erst ein. Mißtrauen herrschte. Und die Wunden bluteten noch auf beiden Seiten.

Aber ein Mann stand auf und kam an unseren Tisch. Ich erkannte ihn sofort: der Herr Spiegel! Ein altes

Männchen mit einer Hängelippe und einem verkürzten Arm: Dort, wo der Ellbogen hätte sein sollen, war die Hand. Nach dem »Anschluß« war er, ein fließend Deutsch sprechender Tscheche, nach Wichstadtl gekommen. Eine Familie besaß er nicht. »Kunstmaler« hatte er sich genannt. Während des Krieges hatte er davon gelebt, den Wichstadtlerinnen auf Bestellung Edelweiß- und Enzianblüten auf weitschwingende Röcke zu malen – angeblich waschfest. Er war auch öfter zu uns auf die Rosinkawiese gekommen, obwohl die Mutter nie eine Rockbemalung in Auftrag gab. Er hatte ja Zeit und hielt gern ein Schwätzchen. »Herr Küß-die-Hand« hatte er bei uns geheißen, weil er nach alter österreichisch-ungarischer Manier den Damen die Hand zu küssen pflegte. Vielen war er willkommen, weil er immer über alles informiert war und bereitwilligst weiterinformierte. Wichstadtls Lokalzeitung. Wahrscheinlich haben viele Wichstadtler gar nicht gewußt, daß er ein Tscheche war. Und woran hätte man diese Eigenschaft auch erkennen sollen? Da gab es keine Unterschiede der Hautfarbe, der Haarfarbe und schon gar nicht der Kleiderfarbe. Was für ein Wahnsinn, diese scharfe Trennung zwischen Nationalitäten!

Herr Spiegel ließ sich an unserem Tisch nieder, hütete sich, das Jahr 1945 zu erwähnen, und berichtete uns, daß auf der Rosinkawiese ein Schneider mit seiner Frau lebe: ältere, ehrbare, freundliche Leute. Gewiß hätten sie nichts gegen unseren Besuch. Wenn wir wollten, würde er uns dorthin begleiten und den Dolmetscher machen. Er überschüttete uns mit Informationen: Wer alles aus der »guten alten Zeit«, aus dem »Davor«, dem »Damals« noch im Ort lebe – es waren nicht viel mehr als zwanzig Leute, fast nur Tschechen – und daß Hilde, meine ehemalige Klassenkameradin aus der Grundschulzeit, noch hier wohne und sich gewiß riesig freuen würde, mich wiederzusehen. Und noch einer aus demselben Jahrgang sei da, sei mit seiner Frau aus der DDR gekommen, wo er jetzt lebe: Dolf. Er sei auch gekommen, um »die alte Heimat«

wiederzusehen. Er, Spiegel, müsse uns unbedingt zusammenbringen. Und schon stand er auf, um die Neuigkeit unseres Hierseins weiterzutragen. Wir legten die Begegnung mit Hilde und Dolf auf den folgenden Nachmittag fest, denn es war schon spät, und wir waren müde.

Am nächsten Vormittag gingen wir zu Fuß hinaus zur Rosinkawiese. Wir wollten alles ganz genau sehen, wollten die alten Gerüche riechen, die alten Geräusche hören, wollten berühren, was uns zu berühren reizte. Herr Spiegel begleitete uns, um zu dolmetschen.

Den Feldweg, die kürzeste Verbindung zwischen dem Ort und der Rosinkawiese, fanden wir nicht mehr. Wo er gewesen war, standen jetzt Wirtschaftsgebäude der örtlichen Kolchose. Und vom Kapellenberg herüber, wo in den ersten Jahren meiner Kindheit ein Kapellchen gestanden hatte, das 1936 oder 1937 – man erwartete einen deutschen militärischen Angriff, der dann ja auch kam – einem Betonbunker der tschechischen Befestigungsanlage hatte weichen müssen, stank es penetrant. Den Bunker, die ganze Befestigungsanlage hatten die Deutschen schon 1939 gesprengt; jetzt standen dort die Stallungen einer staatlichen Schweinemästerei.

Und auch das Bild der Landschaft hatte sich verändert: Die vielen kleinen und kleinsten Felder der armen Adlergebirgsbauern waren zwischen den uralten, steinigen, strauchüberwucherten Rainen, die parallel zu den Hängen verliefen und seit Menschengedenken den Mutterboden vor dem Abschwemmen zu bewahren hatten, zu langen, leicht zu bearbeitenden Flurstreifen zusammengefügt worden.

Ich erinnere mich, sehr erregt gewesen zu sein. Jeder Graben, jeder Baum weckte Erinnerungen. Hoch überragt von der Pappel- und Fichtenreihe, halb verdeckt von den Obstbaumreihen, erschien das braune Haus so lächerlich klein gegenüber dem Bild der Erinnerung!

Es war ein strahlender Tag. Ich erinnere mich an Blumenrabatten. Ich freute mich, wenn Siegfried dies und das wiedererkannte: den kleinen Gießteich neben dem Haus, die aus Feldsteinen gemauerte Terrasse unter den beiden großen Erdgeschoßfenstern, das Klofenster, durch das wir so gerne geklettert waren.

Noch bevor wir uns der Haustür, die einst kräftig blau gewesen war, genähert hatten, ging sie auf. Auch wir hatten in dieser Einsamkeit Besucher immer schon von weitem entdeckt und an der Haustür begrüßt.

Ich erinnere mich nur noch ganz undeutlich an den alten Kafka.

Als er begriffen hatte, wer wir waren und was wir wollten, bat er uns freundlich, einzutreten. Seine Frau aber blieb mir im Gedächtnis haften: im Kopftuch, unterm Kinn geknotet, ihr von Sorgen und Mühe gezeichnetes, aber schönes und gütiges Gesicht, ihre verarbeiteten Hände, ihr krummer Rücken. Sie schlug die Hände zusammen, streichelte meine Wange, ließ uns am Tisch niedersitzen und machte sich gleich in der Kochecke zu schaffen.

Herr Kafka schien Verständnis dafür zu haben, daß wir jetzt mehr schauten als redeten. Da stand noch unser Küchenschrank, den wir, wie in dieser Gegend üblich, »Kredenz« genannt hatten. Da stand noch derselbe blaue Kachelofen, an den sich der Vater immer gelehnt hatte, wenn er von einer Reise zurückgekommen war und erzählte. Auch der Herd in der Kochecke war noch derselbe. Und den primitiven Spülstein mit dem Messing-Wasserhahn darüber, den ich jeden Samstag mit Sidol hatte blankputzen müssen, erkannte ich sofort wieder.

Während wir Malzkaffee tranken und Butterbrote aßen, fiel mein Blick zufällig auf das Kinderstühlchen in der Ecke, ein Holzstühlchen mit einer Sprossenlehne. Mein Großvater hatte es mir zu meinem zweiten oder dritten Geburtstag auf seiner Werkbank geschreinert. Ich lief hin, drehte es um, so daß ich die Lehne von der Außenseite her sehen konnte, und fand meine Erinnerung bestätigt. Da stand in altdeutschen Lettern ins Holz geschnitzt: *Gudrun.*

Ich zeigte auf den Namen, ich zeigte auf mich. Die Kafkas begriffen. Krystina Kafkova wischte sich über die Augen. Dann hob sie das Stühlchen auf und reichte es mir.

Ich dankte und schüttelte den Kopf. Wir hatten den Käfer voll Gepäck, das Stühlchen mit seiner hohen Lehne hätte nicht mehr hineingepaßt. Vielleicht ein andermal. »Dürfen wir wiederkommen?«

Ich weiß nicht, ob sie mich verstanden hatte, aber sie nickte.

Später hatte ich noch oft mit ihr zu tun, und immer nickte sie, wenn man sie um etwas bat. Immer war sie guten Willens. Und jetzt forderte sie uns, die wir durch die Aufregung den Appetit verloren hatten, immer wieder durch herzliche Gesten auf, doch zuzugreifen, während ihr Mann uns mit Herrn Spiegels Hilfe berichtete, daß vor Jahren einmal eine junge Frau aus Brno gekommen sei und nach uns, den Pausewangs, gefragt habe. Sie habe erzählt, daß sie als Kind Sommergast bei uns gewesen sei.

Wir blieben nicht lange, wollten den guten Willen der Kafkas nicht überstrapazieren. Wieder vor dem Haus, zeigte ich auf die Kastanie zwischen Haus und Gießteich. Auch sie hatte mein Vater gepflanzt. Bei unserem Exodus war sie, noch angepflockt, nicht der Rede wert gewesen. Jetzt war sie ein stattlicher Baum. Als wir uns unter ihr von den Kafkas verabschiedeten, tauchte ein Mann auf, vielleicht fünfunddreißig, vielleicht auch schon vierzig Jahre alt, wahrscheinlich der Ehemann einer der beiden Kafka-Töchter. Als er begriff, daß wir zu der Familie gehörten, die früher hier gelebt hatte, fragte er hastig in gebrochenem Deutsch, ob wir wieder hier leben wollten, wenn wir dürften.

Siegfried und ich schüttelten gleichzeitig den Kopf. Nein. Nie wieder für dauernd hier leben, so schön es auch einmal gewesen war. Wir fühlten uns jetzt woanders daheim. Die Resolutheit unserer Antwort schien ihn zu beruhigen.

Die beiden Kafkas schauten uns nach. Die Begegnung hatte sie wahrscheinlich genauso aufgewühlt wie uns.

Am Nachmittag trafen wir Dolf und seine Frau bei Hilde, die seit der Öffnung der Grenze eine Art Anlaufstelle für deutsche Mladkov-Besucher war. Dolf erzählte. Er war bei denen gewesen, die damals nur ein paar Tage nach uns Wichstadtl hatten verlassen müssen und ebenso wie wir zu Fuß durch Niederschlesien und die Lausitz gezogen waren. Jetzt war er Postangestellter in Luckenwalde in der DDR. Seine Frau stammte von dort. Er habe ihr sein Dorf zeigen wollen. Und dann erinnerten wir uns gemeinsam an die Jahre in der zweiklassigen Volksschule und fragten uns gegenseitig nach den Schicksalen gemeinsamer Freunde.

Siegfried saß still daneben. Er war zu jung, als daß er sich noch deutlich an seine Schulkameraden hätte erinnern können. Nur die Pietsch-Bauern mit den vielen Kindern, die hatte er noch genau im Gedächtnis, treue Freunde von uns. Wir wanderten alle gemeinsam zu ihrem Hof, an dem wir auf unserem Schulweg immer vorbeigekommen waren. Fanden wir ihn noch? Ich erinnere mich nicht. Beim nächsten Besuch war er jedenfalls verschwunden, in einen Schuttberg verwandelt.

Wir fuhren weiter nach Králíky, ehemals Grulich, dem Viertausend-Einwohner-Städtchen, auf dessen überdimensionalem Marktplatz ich als Kind Erdbeeren und Blumen verkauft hatte. Unsere frühere Kreisstadt. Hinter ihr erhebt sich der Muttergottesberg mit dem Kloster, zu dem in meiner Kindheit aus allen Teilen Böhmens und Mährens gewallfahrtet worden war. Wir wanderten den steilen Kreuzweg hinauf und spähten in die Kapellen, die rechts und links der Kreuzweg-Allee die vierzehn Stationen markierten. Die Statuen darin waren zerschlagen, die

Der Muttergottesberg mit dem Kloster

Bilder zerstört. Sinnloser Vandalismus oder von »oben« befohlener Kampf gegen die Kirche in den Jahren Stalins? Die Kirche hatte in der Tschechoslowakei jahrhundertelang eine strenge moralische und politische Herrschaft ausgeübt. Ist es verwunderlich, daß Teile des tschechischen Volkes, als es bei Kriegsende in den Rausch der Befreiung taumelte, gegen alles angingen, was Machtansprüche verkörperte?

Wir fuhren weiter über Ostrawa, über die Tatra, durch die Slowakei nach Bratislawa. Ostrawa? Früher Mährisch-Ostrau. Und in meiner Kindheit hieß Bratislawa Preßburg. Aber das Rad der Geschichte läßt sich nicht zurückdrehen, bleibt nicht einmal stehen. Egal, ob deutsch, tschechisch oder slowakisch: Es sind schöne Städte in schönen Landschaften. Und noch unterwegs verblaßte langsam das Bild der neuen Rosinkawiese. Die Erinnerung an die alte Rosinkawiese schlug durch, dominierte. Keine Fotos konnten unsere neuen Eindrücke stützen und dokumentieren. Wir hatten auf dieser Reise nicht fotografiert.

Die Mutter winkte ab, als wir ihr von diesem Wiedersehen erzählen wollten. Sie weigerte sich, davon zu erfahren, wollte ihre Erinnerungen nicht revidieren. Sie hatte ihr Andenken an die Rosinkawiese in Gold gerahmt, und so sollte es bleiben.

Die Rosinkawiese bringt sich in Erinnerung

Meine Neugier war gestillt. Für Jahre hatte ich die Rosinkawiese sozusagen abgehakt. Ich heiratete und ging Anfang 1968 wieder in den Schuldienst nach Südamerika – diesmal an die Karibische Küste, nach Barranquilla in Kolumbien.

Gegen Ende jenes Winters erreichte ein Brief aus Mladkov meine Mutter. Er war an mich adressiert und trug Krystina Kafkovas Unterschrift. Krystina hatte also meine Adresse, die ich ihr damals bei unserem Besuch gegeben hatte, sorgfältig aufbewahrt. Und nun hatte sie ein Anliegen: Ihre Enkelin Jiřina, Studentin, wolle sich gern ein paar Wochen in Westdeutschland aufhalten. Ob sie bei uns wohnen dürfe? Irgend jemand hatte Krystina den Brief ins Deutsche übersetzt.

Ich war weit fort. Und meine Mutter weigerte sich, die Gastgeberschaft zu übernehmen. Postwendend schrieb sie einen kurzen, höflich, aber kühl gehaltenen Brief an Krystina: Ihre älteste Tochter Gudrun lebe jetzt in Südamerika, und sie selbst habe keine Unterbringungsmöglichkeit für einen Gast.

Das war nicht gelogen. Meine Mutter hatte sich inzwischen aus Wiesbaden in das kleine Dorf Hartershausen in Osthessen zurückgezogen und bewohnte dort ein winziges Haus, ein ehemaliges Jagd- und Wochenendhaus, das nur Wohnzimmer, Schlafkämmerchen, Küche und Duschbad enthielt. Wenn wir Geschwister die Mutter besuchten, schliefen wir auf dem Sofa im Wohnzimmer oder auf Pritschen auf dem Dachboden, der so niedrig war, daß wir nur genau unter dem Giebel aufrecht stehen konnten. Aber Jiřina wäre wahrscheinlich auch mit einer Pritsche auf dem Dachboden zufrieden gewesen. Und wäre sie ein der Mutter wilkommener Gast gewesen, hätte die ihr auch das Sofa im Wohnzimmer zur Verfügung gestellt.

Die Mutter machte kein Hehl daraus, daß sie nicht wollte. »Ich an Frau Kafkovas Stelle hätte unter den gegebenen Voraussetzungen so eine Bitte nie gestellt«, schrieb sie mir nach Südamerika. »Begreift diese Frau nicht, daß die Rosinkawiese zwischen uns steht?«

Ich war betroffen, ja entsetzt, versuchte sie umzustimmen, wies darauf hin, daß weder Krystina noch deren junge Enkelin uns die Rosinkawiese weggenommen hätten. Aber sie war nicht bereit, die Absage, die sie längst abgeschickt hatte, zu widerrufen.

Ich nahm mir vor, selber an Krystina zu schreiben, zu erklären, mich zu entschuldigen. Aber turbulente Ereignisse in der Familie, der Schule, dem Land lenkten mich von diesem Vorhaben ab und ließen es schließlich ganz in Vergessenheit geraten.

Erst der Einmarsch der sowjetischen Armee in die Tschechoslowakei, das abrupte Ende des Prager Frühlings brachte mir mein Versäumnis in Erinnerung. Fassungslos sah ich die Bilder in den kolumbianischen Nachrichten: russische Panzer in Prag, das versteinerte Gesicht Dubčeks, die Wut und Trauer in den Gesichtern der Prager am Straßenrand. Wie mußte den Tschechen jetzt zumute sein?

Dieser Paukenschlag hatte mich wach gemacht für das gegenwärtige Geschick des tschechischen Volkes.
Im Jahr 1970 wurde mein Sohn geboren. Zwei Jahre später kehrte ich in die Bundesrepublik zurück. Meine Ehe zerbrach. Mit meinem Kind zog ich zu meiner Mutter nach Hartershausen und vertraute ihr den Kleinen an, während ich in der Grundschule im nahen Städtchen Schlitz unterrichtete.

In dieser ruhigen Phase meines Lebens in der Provinz hatten meine Mutter und ich sozusagen das Ohr am Puls der Zeit. Wir lasen die Veröffentlichungen des Club of Rome, stießen auf Gruhls ›Ein Planet wird geplündert‹ und wurden aufmerksam auf Hans A. Pestalozzi und Hoimar von Ditfurth. Wir erlebten die Aussteigerwelle mit. »Zurück zur Natur« war das Motto: Junge Leute aus den Großstädten siedelten sich auf dem Land an, säten Getreide, ernteten es mit der Sense, buken sich ihr Brot selbst, hielten sich Ziegen und molken sie, spannen, webten und verstrickten die Wolle ihrer eigenen Schafe, zogen ihre Kinder zwischen Hühnern, Bienen und Sonnenblumen auf. In den Schaufenstern der Buchhandlungen erschienen zahlreiche Beschreibungen von Aussteigerexistenzen, vom wunderbaren Leben auf dem Land im Einklang mit der Natur. Wir lasen eine Reihe von ihnen. Meine Mutter schüttelte oft den Kopf: »Viel Idealismus, rührende Träume, wenig Ahnung von der Realität.« Alle diese Berichte handelten von vor kurzem angefangenen, aber nicht abgeschlossenen Erfahrungen.

»Ich habe da eine Idee«, sagte meine Mutter eines Tages. »Wie wär's, wenn wir unsere Rosinkawiesenjahre als abgeschlossene Erfahrung in einem Buch darstellten – mit Fotos? Sie könnte vielleicht manchem jungen Menschen, der mit dem Gedanken spielt auszusteigen, nützlich sein. Und sie wäre ein Beitrag zur allgemeinen Diskussion um dieses Thema.«

Erst zögerte ich. Gewiß, zu diesem Zeitpunkt hatte ich schon mehr als ein Dutzend Romane geschrieben und veröffentlicht. Aber bisher hatte ich noch nie Lust verspürt, aus meinem eigenen Leben zu erzählen. Doch schon ging die Mutter mit Feuereifer daran, in Stichworten die Geschichte der Rosinkawiese aufzuschreiben. Und ich erkannte bald, daß diese Geschichte wunderbar aufgebaut und abgerundet war, trotz des abrupten Endes.

Der Verlag, der auch schon meine anderen Jugendbücher veröffentlicht hatte, zeigte sich sofort interessiert, und ich begann zu schreiben. Nach einer ersten, mißglückten Rahmenerzählung fand ich die mir am günstigsten erscheinende Form: Ich goß die ganze Geschichte in Briefe meiner Mutter an einen jungen, fiktiven Adressaten. Die Mutter lektorierte jeden Brief, forderte Änderungen, besserte aus. Einen vierjährigen Fehlstart meiner

Eltern, mitten in Wichstadtl auf einem viel zu kleinen Grundstück, erwähnten wir nicht – um der Geschlossenheit der Handlung willen. Erst sehr viel später erkannte ich, daß das ein Fehler gewesen war. Auch das Scheitern, der Neubeginn, das Nichtaufgeben trotz mancher Fehlschläge gehören zu einer Erfahrungsgeschichte.

Ich schrieb das Buch während des Winters 1978/79 und der darauffolgenden Frühlingsmonate. In dieser Zeit hatte ich mich so intensiv mit der Rosinkawiese beschäftigt, daß sie jetzt wieder sehr lebendig vor mir stand. Ich erzählte meinem damals achteinhalbjährigen Sohn Martin von ihr. Aufmerksam hörte er zu, betrachtete die Fotos, vor allem die des Teiches, immer wieder. Sein Interesse beglückte mich. Ich entschloß mich deshalb spontan, mit ihm hinzufahren und ihm die Stätten meiner Kindheit zu zeigen. Das Manuskript war ja fertig, war bereits beim Verlag. Ich hatte Zeit.

Meine Mutter lehnte die Einladung mitzukommen brüsk ab.

Mein Sohn auf der Rosinkawiese

Im August 1979 fuhren wir los. Ich umrundete Prag nordwärts und steuerte auf das Adlergebirge zu. Wir machten oft Rast, damit Martin genug Gelegenheit bekam, sich zu bewegen. Knapp achthundert Kilometer hatten wir zurückzulegen, davon ein Drittel – auf Autobahn und Schnellstraßen – in der Bundesrepublik, zwei Drittel auf zum Teil holprigen und schmalen Landstraßen.

Kurz bevor wir die westlichen Ausläufer des Adlergebirges erreichten, wurde es dunkel. Vergeblich suchte ich in der kleinen Stadt Dobruška ein Hotelzimmer. Alle Gasthöfe, Hotels, Pensionen waren belegt. Die Stadt feierte irgendein Fest. Schließlich sprach ich an einer Straßenecke drei ältere Frauen an, die ein Schwätzchen hielten. Alle drei verstanden Deutsch. Mitleidig betrachteten sie meinen todmüden Jungen, und eine von ihnen, eine Handarbeitslehrerin, nahm uns in ihre winzige Wohnung mit heim, gab uns ihre Doppelliege im Wohnzimmer, kampierte selbst auf einer Matratze in der Küche und entließ uns am nächsten Morgen nach einem reichlichen Frühstück. Als Dank nahm sie – nach anfänglichem Sträuben – eine neue Bluse an, die ich mir auf die Reise mitgenommen hatte.

Noch am Vormittag kamen wir in Mladkov an. Ich hoffte, wieder ein Zimmer im Gasthof am Marktplatz zu bekommen, so wie damals mit Siegfried. Aber ich erhielt die Auskunft, daß schon seit langer Zeit die Zimmer dieses Hotels nur noch von einer staatlichen Zentralstelle vergeben würden. Dort müsse man seinen Bedarf rechtzeitig anmelden.

Auf meiner Suche nach Hilde, meiner lieben alten Schulkameradin, erfuhr ich, daß der alte Herr Spiegel inzwischen verstorben war und daß Hilde nicht mehr in

Mladkov lebte. Sie hatte in Těchonín, ehemals Linsdorf, eine Wohnung in der Nähe der Fabrik bekommen, in der sie arbeitete. Dort wohnte sie jetzt zusammen mit ihrer Mutter.

Wir fuhren hin. Těchonín liegt sechs Kilometer südlich von Mladkov und war früher das letzte deutsche Dorf vor der tschechischen Sprachgrenze. Hilde nahm uns herzlich auf und brachte uns in einem Zimmer ihrer Tochter Helene unter, die mit ihrem Mann Ivan die angrenzende Wohnung bewohnte.

Ich war begierig zu erfahren, wie es jetzt um die Rosinkawiese stand. Seit meinem letzten Besuch waren ja fünfzehn Jahre vergangen. Hilde zeigte sich informiert. Nein, die Rosinkawiese habe inzwischen den Besitzer nicht gewechselt. Schneider Kafka sei zwar schon seit ein paar Jahren tot, aber Krystina Kafkova, inzwischen über achtzig Jahre alt, wohne noch immer dort draußen und halte das Anwesen in Ordnung. Sie mähe noch, hacke Holz und grabe um. Oft sei ihre Tochter bei ihr, die »im Böhmischen« wohne, und während der Sommerferien lebe auch ihre Enkelin Jiřina aus Prag mit ihren zwei kleinen Buben bei ihr auf der Rosinkawiese. Außerdem seien die beiden Zimmer im ersten Stock in den Sommermonaten von einem alten Ehepaar aus Zámrsk bewohnt. So sei Krystina selten ganz allein dort draußen in der Einsamkeit. Und während der Winterzeit nehme die Tochter sie zu sich in die Stadt. Aber lange halte sie es dort nicht aus. Im Frühjahr dränge sie darauf, wieder heimzukehren auf die Rosinkawiese.

Woher sie das alles wisse? Manchmal begegne sie, wenn sie in Mladkov alte Bekannte oder ihre beiden anderen Kinder besuche, der alten Krystina, und dann erfahre sie, wie es so gehe.

Hilde bot sich an, mich am nächsten Tag nach Feierabend auf die Rosinkawiese zu begleiten. Gern sagte ich zu. Aber dann kam ihr etwas dazwischen, sie konnte erst am übernächsten Tag.

Für Martin und mich war das keine verlorene Zeit. Ich zeigte ihm meine alte Schule, die er abzuzeichnen versuchte. Ich ließ ihn zwischen den großen Steinen in der Stillen Adler herumwaten.

Auf dem Friedhof dann konnten wir das Grab von Martins Urgroßeltern nicht mehr finden. Auch das Brennessel- und Brombeergestrüpp war verschwunden, und die Anzahl der Grabsteine mit tschechischen Aufschriften hatte sich seit meinem letzten Besuch nahezu verdoppelt. Viele alte, unbewohnte Häuser des Dorfes waren inzwischen abgerissen worden, hatten neuen Häusern weichen müssen. Auch die kläglichen Überreste des Scholzschen Hauses in Großvaters Nachbarschaft waren verschwunden. Auf seinem Platz stand jetzt ein häßlicher Neubau.

Wir gingen am Zaun von Großvaters ehemaligem Gar-

Das Haus des Großvaters

ten entlang. Der Haferbirnbaum überschattete nicht mehr das Haus. Nur noch sein Stumpf war zu sehen – mit unzähligen Jahresringen.

»Das find' ich gemein, daß die ihn abgesägt haben«, sagte Martin.

»Er wird nicht ohne Grund abgesägt worden sein«, antwortete ich. »Vielleicht war er zu alt. Schon als ich so alt war wie du, ist er alt gewesen. Altes muß irgendwann weg, das ist nun mal nicht zu ändern.«

Das Bienenhaus stand leer. Mißtrauisch beobachtete uns die Frau, die ich noch von meinem ersten Besuch her in Erinnerung hatte. Sie war beim Hausputz, als wir am Gartenzaun stehenblieben und versuchten, in Großmutters ehemalige Küche zu spähen. Sie sagte, sichtlich verärgert, etwas auf tschechisch. Ich antwortete mit einem »Pardon!«

Wir gingen zurück, woher wir gekommen waren. Ich hatte vergessen, Martin Großvaters Schleien- und Goldfischteich mit seiner von exotischem Wassergewächs überwucherten Insel zu zeigen, an dem ich als Kind so oft stehengeblieben war und den gelassenen Bewegungen der Fische zugeschaut hatte. Jetzt war er längst vertrocknet, aber in seinen Konturen noch zu erkennen.

Als wir an der Kirche vorüberkamen, dort, wo 1945 das Massaker an den deutschen Einwohnern stattgefunden hatte, schwieg ich. O ja, einmal sollte er es erfahren, was hier, aber auch in Prag und in Lidice geschehen war, *mußte* er es erfahren – und nicht zu spät. Aber noch hielt ich ihn für zu jung für ein so entsetzliches Wissen.

Der Hof der Familie Pietsch stand jetzt nicht mehr. Ich starrte lange auf die von Gras überwachsenen Schutthaufen. Welche Schicksale hatten sich hier abgespielt, wie oft hatten hier Menschen gelacht und geweint, gelitten und geliebt, waren geboren worden und gestorben. Nichts mehr verriet ihre Spuren.

Ich fuhr mit Martin die Serpentinen des Nachbardörfchens Petrovičky, früher Deutsch-Petersdorf, hinauf an die Grenze, wo in meiner Kindheit ein uralter, stattlicher Hof gestanden hatte, Bauernhof und Gasthof zugleich: der Steinscholzen. Auch er war verschwunden. Nur noch ein Sträuchergeviert deutete seinen Standort an.

Von hier hatten wir einen weiten Blick in den »Glatzer Kessel« hinunter, der früher deutsch gewesen war und jetzt zu Polen gehörte. Zu unseren Füßen lag das kleine Dorf, das einmal Steinbach geheißen hatte. Seinen jetzigen Namen, für mich fast unaussprechlich, konnte ich mir nicht merken. Dort hatten wir uns nach dem Massaker hingeflüchtet, hatte sich am Waffenstillstandstag auf dem Kirchhof ein deutscher Offizier erschossen.

Auf dem Rückweg, die Serpentinen hinunter, vorbei an den spitzgiebeligen Adlergebirgsholzhäusern zwischen den großen, schirmartigen Schierlingsblättern und Kerbeldolden, wurde mir wieder bewußt, wie schön dieses bei uns im Westen fast unbekannte kleine Gebirge ist. Ich nahm mir vor, mir beim nächsten Mal mehr Zeit zu nehmen und es in Ruhe zu bereisen – wenn es ein nächstes Mal gäbe.

Wir konnten den Besuch auf der Rosinkawiese kaum erwarten. Bei strahlendem Wetter fuhren wir bis dorthin, wo der Pfad von der Straße abzweigt, ließen den Wagen stehen und wanderten auf den Teich, auf das Haus zu.

Die Umgebung hatte sich seit meinem letzten Besuch wieder sehr verändert. Offensichtlich arbeiteten die Kolchosen nach neuen Konzepten: Alle Feldraine samt ihrem Gestrüch, das das Landschaftsbild so angenehm aufgelockert hatte, waren verschwunden. Die großen Motorpflüge schienen das Terrain querfeldein ohne Rücksicht auf Wege, Raine, Senken und Erdhügel umgebrochen zu haben. Sogar die Sumpfwiesen zwischen Teich und Dorf hatten sie mit in das kilometerlange, riesige Gerstenfeld einbezogen, das nun die Rosinkawiese umschloß. Mich überkam plötzlich ein Staunen darüber, daß der Staat einen so privaten Fremdkörper wie diesen

Die Rosinkawiese 1979

vergleichsweise winzigen Gartenpark mitten in seinem Territorium respektierte. Daß er ihn nicht auch umgepflügt, planiert und mit Gerste besät hatte! Denn die dunkle Insel mit Teich, Park und rotleuchtendem Giebel mitten in der endlosen, erntereifen Gerstenfläche wirkte rührend und provozierend zugleich.

Auf dem Damm des Teiches saß eine junge Frau in einem Liegestuhl. Um sie herum tollten zwei kleine blonde Jungen, etwa zwei und fünf Jahre alt. Hilde steuerte auf sie zu, stellte sich und uns vor, erklärte in tschechischer Sprache den Grund unseres Kommens. Die junge Frau lächelte mich freundlich an, gab mir die Hand, strich Martin über den Kopf. Hilde erklärte mir, daß dies Jiřina sei, Krystinas Enkelin, mit ihren beiden Söhnen Robert und Michal. Jiřina freue sich über unseren Besuch und heiße uns willkommen.

Als wir auf das Haus zugingen, war meine Erinnerung an die letzte Begegnung mit der Rosinkawiese im Jahr 1964 wie ausgelöscht. Was ich vor mir sah, bot sich mir so dar, als sähe ich es zum ersten Mal nach dem Abschied von *unserem* Haus, *unserem* Garten, *unserem* Teich: als das alles noch von uns geprägt war.

Auch diesmal kam uns Krystina schon an der Haustür entgegen. Sie war sehr alt geworden. Ihr Rücken krümmte sich. Aber noch immer fand ich diese eigentümliche Schönheit in ihren Zügen, die mich schon bei der ersten Begegnung so fasziniert hatte. Sie schlug die Hände zusammen, rief: »Jeschuschmaria!« und drückte Martin gerührt an sich. Und schon führte sie uns in die Stube, hieß uns am Eßtisch Platz nehmen, holte aus der Speisekammer, was sie vorrätig hatte, tischte auf, ermunterte uns zuzugreifen.

Es erwies sich jetzt, daß Jiřina ein wenig Deutsch sprechen konnte. Wir erfuhren, daß sie als Eisenbahningenieurin tätig war und mit ihrem Mann, einem Bauingenieur und ehemaligen Kommilitonen, und ihren Kindern in Prag wohnte. Nur die Wochenenden und ihre Urlaubstage verbrachten sie bei der alten Krystina auf der Rosinkawiese.

Mir kam das Kinderstühlchen in den Sinn. Ich fragte danach. Ja, beide Frauen erinnerten sich noch an dieses Möbel. Jiřina hatte als Kind darauf gesessen. Aber es war nicht mehr da. Es sei viel benutzt worden, sei morsch gewesen, kaputtgegangen. Da habe man es zum Brennholz getan – zumal ja auch der Kontakt zu uns abgebrochen sei. Die beiden Frauen schienen betroffen zu sein, schienen sich schuldig zu fühlen. Ich beruhigte sie. Was war schon ein Kinderstühlchen?

Mich störte, daß die Wände der Stube, ja alle Wände des Hauses, soweit ich sie zu sehen bekam, nicht mehr weiß getüncht waren wie zu unserer Zeit, sondern tapeziert. Die Tapetenmuster waren nicht nach meinem Geschmack. Aber ich war sicher, daß auch die Kafkas sich bemüht hatten, die Rosinkawiese – nach ihrem Geschmack – so schön wie nur möglich zu gestalten.

Wieder an der Haustür, wurde mir erst jetzt die ganze Größe des Kastanienbaums bewußt. Er überschattete den ganzen Vorplatz. Seine Äste waren zum Hausdach hin stark gestutzt. Die entgegengesetzten Äste reichten fast bis zum Gießteich. Unsere kühnste Kinderphantasie hatte sich diesen damals so unscheinbaren, von einem Pfahl gehaltenen Baum nicht in solcher Größe vorstellen können.

Und dort drüben hatten wir einst unsere Lieblinge begraben: eine weiße Maus; ein Vögelchen, das aus dem Nest gefallen war und von uns keine Fliegen, keine Würmer annehmen wollte; eine Krähe, die vor meinen Augen ohne erkennbaren Grund von einem Baum gestürzt und in meinen Armen gestorben war.

Als wir uns verabschiedeten, ließ Jiřina uns durch Hilde fragen, ob wir nicht Lust hätten, am Nachmittag des nächsten Tages noch einmal zu kommen, sofern schönes Wetter herrsche. Regne es, könnten wir auch am übernächsten Tag kommen. Sie und die Kinder seien immer da. Dann könne man sich an den Teich setzen, könne die Kinder im Wasser spielen lassen... Ich nahm die Einladung mit Freude an.

Am nächsten Tag war es trüb, und so fuhr ich mit Martin in meine vierzig Kilometer entfernte Schulstadt Mährisch-Schönberg, jetzt Šumperk, suchte nach alten Spuren, zeigte Martin mein Gymnasium, fuhr mit ihm auf dem Rückweg über Králíky, wo wir uns, bei Nieselwetter, lange in einem Spielzeugladen aufhielten. Und am Abend nahm ihn Ivan, Hildes Schwiegersohn, mit in den Keller des Mietshauses und ließ ihn mit einem Luftgewehr auf Scheiben schießen. Ich aber bangte um gutes Wetter.

Sonne weckte uns am nächsten Morgen, versprach einen Badetag. Gleich nach dem Mittagessen im Gasthof fuhren wir zur Rosinkawiese hinaus. Ich hatte deutsche

Schokolade für die Kinder mitgenommen, Kaffee für Krystina.

Jiřina erwartete uns schon, hatte schon einen zweiten Liegestuhl aufgestellt. Martin entdeckte ein selbstgebasteltes Floß im Wasser, stakte begeistert auf dem Teich herum, landete an der Insel, durchstreifte sie, spielte dann mit Robert und Michal am Ufer. Er und Robert verständigten sich mit Gesten. Die Verschiedensprachigkeit schaffte ihnen keine Probleme. Nur der Kleine war das Problem: Er wollte alles haben, begriff noch nichts und störte. Robert beschwerte sich über ihn bei seiner Mutter. Als die den Kleinen zu sich rief und ihn auf den Schoß nahm, trat tiefer Frieden ein.

Das also war Jiřina, die damals, als Studentin, in die Bundesrepublik hatte reisen wollen. Eine brünette, schlanke junge Frau, die Herzlichkeit ausstrahlte und sich, wie ich später immer deutlicher erkennen sollte, um so wohler fühlte, je weniger sie im Mittelpunkt stand. Und eins hatte sie mit ihrer Großmutter gemeinsam: Nie dachte sie an sich, immer war sie nur für andere da. Das merkte ich schon an diesem Nachmittag.

In ihrer Schulzeit hatte sie Deutsch gelernt. Sie versuchte sich zu erinnern. Die Unterhaltung gedieh mühsam, bis ich mein Wörterbuch zu Hilfe nahm. Jiřina erzählte von ihrem Mann Alois, ihrer Wohnung in Prag, ihrer Mutter, die geschieden sei, ihrer Arbeit. Sie erzählte, daß sie damals doch noch nach dem Westen gekommen sei, in die Schweiz, zusammen mit einer Kommilitonin, aber nur vier Tage habe die Reise, alles in allem, gedauert. Eine organisierte Jugendreise. Übernachtet hatten sie in Jugendherbergen. Und dann erzählte sie, daß sie einen großen Teil ihrer Kindheit auf der Rosinkawiese verbracht habe und daß es für sie der schönste Ort der Welt sei. Einmal werde sie die Rosinkawiese von ihrer Großmutter erben. Das sei beschlossene Sache.

Wir zogen uns um, wateten in den Teich, schwammen auf das andere Ufer zu. Laub, das im vergangenen Herbst ins Wasser geweht war, schaukelte auf den Wellen, Blattstiele hefteten sich an uns, die Füße ertasteten Schlamm. Zu unseren Zeiten war der Teich sauberer gewesen. Aber wieviel schöner war er jetzt, eingerahmt von hohen Birken und Erlen! Wie zauberhaft spiegelte sich das üppige Inselgebüsch im Wasser!

Während ich auf dem Rücken lag und mich treiben ließ, schloß ich die Augen und träumte mich in vergangene Zeiten. Damals hatten wir in praller Sonne gebadet. Jetzt lag der Teich rundherum im Schatten. Damals war das Rauschen des Laubes an den jungen Birken und dem niedrigen Gesträuch kaum zu hören gewesen. Jetzt schwoll dieses Geräusch mit jedem Windstoß mächtig an und beherrschte die ganze Stimmung.

Krystina kam zu uns an den Teich und brachte uns Kaffee und Kuchen. Wir baten sie, sich zu uns zu setzen, boten ihr unsere Liegestühle an. Aber sie, die – wie ich von Hilde wußte – vor ihrer Heirat als Magd auf Bauernhöfen gearbeitet hatte, hielt, was sie selbst betraf, ein Müßigsein an einem Werktag wohl nicht für verantwortbar. Nein, sie habe zu tun. Und schon war sie wieder verschwunden, machte sich irgendwo im Garten zu schaffen, hackte und jätete, schleppte die Gießkanne.

Verstohlen ließ ich meine Blicke schweifen. Die alte Frau konnte doch diesen Riesengarten unmöglich allein bewältigen! Ich entdeckte, daß ein großer Teil unseres ehemaligen Gemüsegartens Wiese geworden war. Noch ließen sich die Konturen der ehemaligen Beete erkennen.

Es war Freitag. An diesem Abend erwartete Jiřina die Ankunft ihres Mannes, der auch das Wochenende auf der Rosinkawiese verbringen wollte. Ich merkte, daß ihr viel daran lag, ihn mit uns bekannt zu machen. Aber er würde erst spät ankommen, denn er mußte bis zum Spätnachmittag in Prag arbeiten, und die Bahnfahrt nach Mladkov dauerte ein paar Stunden. Außerdem hatte ich ein paar »Heimat-Touristen«, alten Bekannten, die ich im Ort getroffen hatte, fest versprechen müssen, mich am Abend noch ein Weilchen mit ihnen zusammenzusetzen und Erinnerungen aufzufrischen. Ich konnte also nicht so lange warten. Wir würden uns nicht sehen können. Und am nächsten Morgen mußten wir abreisen.

Beide, Krystina und Jiřina, luden uns ein, im nächsten Sommer wiederzukommen. Man werde dafür sorgen, daß mir dann die beiden Zimmer im ersten Stock zur Verfügug stünden. Ich solle meinen Besuch nur rechtzeitig brieflich ankündigen. Und sie schrieben mir die Adresse der Rosinkawiese auf. Mladkov Nr. 88. Ich staunte. Die Hausnummer war noch dieselbe!

Von dieser Reise hatte ich viele, sehr viele Fotos mit heimgebracht. Ich klebte sie in ein Album, das ich meiner Mutter schenkte. Sie rührte es in meinem Beisein nicht an. Später ertappte ich sie dabei, wie sie darin blätterte.

Das Rosinkawiesen-Buch erschien ein paar Monate später. Ich schickte ein Exemplar an Jiřinas Prager Adresse. Jiřina dankte erfreut. Ihrem Brief war noch die Überraschung anzumerken.

Zu Gast geladen

Ein Jahr später fuhren wir also als geladene Gäste, diesmal zu dritt: Wolfgang war mit dabei, mein zeitweiliger Pflegesohn, zwei Jahre älter als Martin, aber kaum größer als er. Martin hatte ihm vom Teich vorgeschwärmt, und so freuten sich beide auf die Rosinkawiesen-Ferien.

Meine Mutter aber hatte uns von der Reise abzubringen versucht. Das alles war ihr gar nicht recht: Sie fand mich taktlos. Aber ich blieb bei meinem Plan. Denn zwischen diesem und dem vergangenen Sommer waren Weihnachts- und Ostergrüße hin- und hergegangen, hatte Jiřina ihre Einladung wiederholt. Schon im Juni fragte ich an, ob es noch immer bei der Einladung bleibe und, falls ja, ob der Zeitpunkt unseres für Mitte August geplanten Besuchs unseren Gastgebern auch wirklich passe. Wenn nicht, ließe er sich noch um ein paar Tage verschieben. Ich bekam einen herzlichen Antwortbrief von Jiřina: Der Termin passe, die ganze Familie freue sich schon auf uns.

Wir fuhren die gleiche Route wie ein Jahr zuvor: in Schirnding über die Grenze, dann über Cheb, das alte Eger, und durch das deprimierende Industriegebiet bei Sokolow nach Karlovy Vary, die Badestadt von Weltruf, die einst Karlsbad hieß. Von dort nach Osten in das fruchtbare Zentralböhmen hinein, über Kladno und Slanik, über die herrliche Stadt Mělník hoch über der Elbe, an der Industriestadt Mlada Boleslav vorbei nach Jičin, nach Jaroměř – und dann in die Nadelwälder, die Bergwiesen und schmalen Wildbachtäler des Adlergebirges, das ich schon nicht mehr mit zur Fahrt, sondern zum Angekommensein zählte. Ich nahm mir vor, diese bezaubernde Landschaft diesmal genauer kennenzulernen. Denn ich hatte für unseren diesjährigen Aufenthalt nicht nur eine knappe Woche, sondern zehn Tage angesetzt.

Wir waren schon im Morgengrauen abgefahren, und so schafften wir die Strecke an einem Tag. Spät am Abend kamen wir an – gerade rechtzeitig, um noch bei Tageslicht mit dem Wagen über den von Bisamratten unterhöhlten Teichdamm zu schaukeln. Michal schlief schon, aber Robert und Jiřina kamen uns bis zum Teich entgegen und hießen uns willkommen. Und Krystina hatte in der Stube schon ein Mahl für uns gerichtet. Sie tätschelte meinen Jungen die Wangen, bemitleidete uns ob der langen und beschwerlichen Reise und versuchte, uns alles erdenklich Gute anzutun.

Das alte Ehepaar, das sonst während der Frühsommer- und Nachsommerzeit die beiden Zimmer im ersten Stock bewohnte – in der Zeit, in der weder Jiřina noch deren Mutter bei Krystina sein konnten –, hatte für uns einen Schrank leergeräumt, und Jiřina hatte das Sofa, das in dem von dem Ehepaar als Küche benutzten Zimmer stand, für mich zum Schlafen hergerichtet. Auch die beiden Betten im anderen Zimmer waren frisch bezogen, eine Waschschüssel und ein Wasserkrug standen bereit, und beide Räume schmückte ein Blumenstrauß.

Erst nachdem die Kinder eingeschlafen waren, kam mir die eigentümliche Situation zum Bewußtsein: Das Zimmer, in dem sie jetzt schliefen, war einmal unser Kinderzimmer gewesen, in ihm hatten meine beiden Schwestern und ich jahrelang geschlafen. (Am nächsten Morgen, bei Tageslicht, suchte ich an der Decke nach einem ganz feinen Riß im Verputz. In diese kaum wahrnehmbare Mäanderlinie hatte ich immer das Profil eines alten Mannes mit Bart hineingesehen: den lieben Gott. Aber die Linie war nicht mehr da, die Zimmerdecke war sicher längst mehrmals übertüncht worden.)

Ich kehrte in den anderen Raum zurück, der durch eine Tür mit dem Kinderzimmer verbunden war. Hier hatten meine Eltern und die jeweils jüngsten Kinder geschlafen, hier war gezeugt und geboren worden, hier hatten unsere Eltern ihre Probleme besprochen, hier hatten wir manchmal sonntags morgens allesamt mit dem Vater in den Ehebetten herumgeturnt, nachdem die Mutter die Flucht ergriffen hatte. War das noch derselbe alte Kanonenofen wie damals? Von den Rahmen der Doppelfenster blätterte der weiße Lack, so wie damals, und mitten im Zimmer hing ein Fliegenfänger, an dem es verzweifelt summte – so wie damals.

Aber auch hier waren die Wände nicht mehr weiß, hingen nicht mehr die von uns Kindern so geliebten Drucke des Künstlers Fidus, der, dem Jugendstil verbunden, von den Mitgliedern der Jugendbewegung – also auch von meinen Eltern – sehr geschätzt worden war. Die Vorhänge an den Wandregalen trugen Muster, die ich nicht kannte, und unsere alten weißgescheuerten Dielenbretter verbarg abgetretenes Linoleum. Und wenn ich hinausschaute in die helle Nacht, fand ich bestätigt, daß die Zeit nicht stehengeblieben war: Schräg vor dem Fenster ragte eine alte Zypresse empor, die bei unserem Exodus nicht viel größer gewesen war als ich. Jetzt überragte sie das Haus, sie und die andere, schräg neben dem Fenster des Kinderzimmers. Aber auch ich selbst hatte mich verändert, war älter und anders geworden und empfand nun den klebrigen Fliegenfänger, der in meiner Jugend so selbstverständlich zur sommerlichen Stubenausstattung gehört hatte, als Tierquälerei.

Es wurden schöne, reiche Tage. Schien die Sonne, badeten wir im Teich. Gemeinsam spielten die vier Buben am Ufer oder im Wasser, stakten das Floß durch den Teich, bauten Dämme und Schiffchen. Jiřina und ich sahen ihnen zu. Einmal erzählte sie mir, daß schon mehrmals in diesem Frühjahr und Sommer Deutsche hiergewesen seien, manche von ihnen mit dem Buch in der Hand, um die »Rosinkawiese« mit eigenen Augen zu sehen. Ich war betroffen. *Das* hatte ich nicht gewollt! Die Sphäre der Rosinkawiese sollte unangetastet bleiben. Jiřina beruhigte mich. Sie seien ja nicht lange geblieben, hätten nur Fotos gemacht.

Trotzdem. Die Rosinkawiese ein Reiseziel deutscher Touristen? Nicht auszudenken!

War es zu kühl zum Baden, machten wir Ausflüge nach Králíky, dem alten Grulich, und von dort natürlich auf den Muttergottesberg; auch zu Hilde, wo beide Jungen mit Ivans Luftgewehr schießen durften. Und immer wieder zog es mich ins Adlergebirge hinauf. Wir fuhren die kleinsten, ahorngesäumten Sträßchen entlang, stiegen in den abgelegensten Dörfern aus und wanderten. Ich versuchte den beiden Jungen die Augen für die Schönheit dieses fast noch unberührten Gebirges zu öffnen.

Aber ich mußte feststellen, daß sie dafür noch zu jung waren. Für sie zählte nur der Spielwert der Landschaft. Über die Steine im Wildbach zu hüpfen, Dämme zu bauen, Ruinen alter Bunker auszukundschaften, auf Bäume zu klettern, Pilze zu suchen – *das* bereitete ihnen Vergnügen.

Auf dem Teich

Und immer war auch Robert mit von der Partie. Jiřina vertraute ihn mir ohne Wenn und Aber an, und Robert genoß es, Gefährte der beiden »großen« Buben zu sein. Daß er kein Wort Deutsch verstand, störte ihn nicht. Es gab ja so viel zu sehen. Und worum es ging, bekam er meistens irgendwie mit. Die Tschechen, die uns begegneten, hielten ihn für meinen Jüngsten.

Frühstück und Abendessen bereitete ich in meinem Zimmer zu, mittags aßen wir in irgendeinem Gasthof. Das Essen – fast immer Knödel mit einer kleinen Scheibe Fleisch, einer sehr schmackhaften Rahmsauce und einer Portion Sauerkraut – war ja so billig! Ich empfand manchmal eine Art Scham, so wenig für ein sättigendes Mahl zu zahlen. Aber obwohl ich mit Krystina und Jiřina ausgemacht hatte, daß wir uns während unseres Aufenthalts selbst verpflegen wollten, lud uns Krystina doch immer wieder zum Abendessen ein – vor allem dann, wenn wir von langen Fahrten durch das Adlergebirge zurückkamen.

Jiřina kann nicht Auto fahren. So fuhr ich sie oder Krystina manchmal ins Dorf, wenn ich sah, daß sie sich zum Einkauf auf den Weg machten. Ich spielte mit dem Gedanken, eine von ihnen zu bitten, mit mir zum Haus meiner Großeltern zu gehen und die jetzige Besitzerin zu bitten, für eine Weile eintreten zu dürfen in die Räume, die so viele Erinnerungen bargen. Aber ich wagte es noch nicht, zumal mir Hilde erzählt hatte, diese Frau sei recht schwierig, sei mißtrauisch, leide an hysterischen Anfällen. Ich mußte behutsam vorgehen, durfte nichts übers Knie brechen. Aber ebensowenig konnte ich mich entschließen, Jiřina zu verraten, daß zwischen Schuppen und Stallanbau auf der Rosinkawiese ein Schatz vergraben lag – *unser* Schatz. Nichts Großartiges, nur ein paar silberne Löffel, eine Schöpfkelle, vielleicht auch ein alter Kerzenleuchter aus Silber, heuzutage kaum der Rede wert. Noch war es nicht soweit.

Wir wurden beobachtet, wenn wir das Dorf durchquerten. Einmal, als ich mit Jiřina in einen Laden ging und die Buben unbeaufsichtigt auf dem Marktplatz warten ließ, scharten sich Mladkover Kinder um sie. Um sich wichtig zu machen, ließ Wolfgang vor ihren Augen eine ganze Anzahl deutscher Einpfennigmünzen, die er wohl noch in seiner Geldbörse gehabt haben mußte, nacheinander in einen Gulli fallen. Ich wurde zornig, als ich dazukam und das sah. Wolfgang war ein Kind. Aber eine solche Protzerei mit deutschem Wohlstand mußte auf die Tschechen überaus provozierend wirken.

Auch in diesem Sommer kamen wieder ehemalige Wichstadtler nach Mladkov. Die meisten von ihnen kannte ich. Man begrüßte sich gerührt, erzählte von seinen Erfahrungen. Aber über manche »Landsleute« ärgerte ich mich. Mit vorgefaßten Meinungen, vor allem mit Unversöhnlichkeit im Gepäck waren sie gekommen, waren nicht bereit, von diesen Meinungen, diesen Vorbehalten, diesem Groll gegenüber den Tschechen abzugehen, sahen nur Wirkungen, nicht Ursachen, klagten an, verachteten, stellten schadenfroh ihren jetzigen Wohlstand zur Schau, prahlten mit ihren Wagen, ihren Eigenheimen im Westen, schilderten später denen, die nicht mitgekommen waren, den jetzigen Zustand der ehemals deutschen Dörfer als »verwahrlost«, »zivilisatorisch zurückgeblieben«, »verkommen«. Daß diese Sicht der Dinge den Tschechen nicht verborgen bleiben konnte, lag auf der Hand. Ich erinnerte in Gesprächen mit Deutschen immer wieder an die Notwendigkeit eines soliden Friedens zwischen den Völkern, plädierte für die Bereitschaft zur Versöhnlichkeit. Meistens bekam ich nur ein »Ja, aber…« mit einer Liste von Argumenten zur Antwort. Die Inhalte der Bergpredigt? »Ja, aber…!« Verstehe man sich nicht als Christ? »Doch, natürlich! Aber…!«

Sogar zwischen den Bundesrepublikanern und den Besuchern aus der DDR gab es zuweilen Mißstimmungen. Die Leute aus Ostdeutschland hatten Mühe, mit dem wenigen Geld, das sie einführen durften, auszukommen. Es verbitterte sie, die »Westler« mit der begehrten Valuta, die im Ostblock, also auch in der Tschechoslowakei, wie ein Sesam-öffne-dich wirkt, in Saus und Braus leben zu sehen und womöglich noch Almosen von ihnen annehmen zu müssen. Stammten nicht alle aus demselben Dorf? Der pure Zufall hatte darüber entschieden, ob sie in Ost- oder Westdeutschland gelandet waren.

Ich besuchte eine alte Deutsche, die aus einem mir bekannten Grund nach 1945 in Mladkov hatte bleiben dürfen. Ihr geistig behinderter Sohn war nur kurz in unserer Schulklasse gewesen; er war ein oder zwei Jahre jünger als ich. Der Lehrer hatte ihn nach ein paar Tagen wieder ausgeschult und heimgeschickt. Ja, Bruno gehe es gut, er lebe in einer Anstalt. Als Witwe eines Deutschen hatte die Frau später einen Tschechen geheiratet. »Er ist mir ein guter Mann«, beteuerte sie immer wieder. Glaubte sie, sich vor mir rechtfertigen zu müssen, weil sie einen Tschechen geheiratet hatte? Daß ich sie besuchte, rührte sie zu Tränen. Als ich das nächste Mal nach Mladkov kam, lebte sie nicht mehr.

Während dieser zehn Tage lernte ich auch Jiřinas Mutter kennen, eine dunkelhaarige Frau etwa meines Alters, die immer irgendwie schüchtern und unsicher erschien und immer im Schatten der anderen Rosinkawiesen-Bewohner stand. Und natürlich kam von Prag gleich am ersten Wochenende, das wir auf der Rosinkawiese verbrachten, Jiřinas Mann Alois. Er gefiel nicht nur mir, sondern auch meinen Buben vom ersten Augenblick an: mittelgroß, schwarzbärtig, schwergewichtig, ausgestattet mit Witz, Humor und einem leicht cholerischen Temperament, eine Persönlichkeit, die alle anderen Rosinkawiesen-Bewohner an die Wand spielte. Ich schätzte ihn auf fünfunddreißig bis achtunddreißig Jahre. Er sprach kein Deutsch, dafür Englisch.

Ihn wagte ich zu fragen, ob auf dem Dachboden ein Romanmanuskript gefunden worden sei. Mein Vater hatte es während seines letzten Urlaubs niedergeschrieben.

Es hatte von der Rosinkawiese gehandelt, die er allerdings »Erlenwiese« genannt hatte, und von dem Ehepaar Heinrich und Elisabeth. Das waren er und die Mutter. Am selben Tag, als meine Mutter die Nachricht von seinem Tod erhalten hatte, war auch ein Schreiben des Verlags angekommen, dem der Vater sein Manuskript zugeschickt hatte: Er werde diesen Roman herausbringen. Ein unglaublicher Zufall, den kein Autor seinen Lesern zuzumuten sich getrauen würde!

Aber dann wurde doch nichts daraus. Der Roman erschien nie. Er wurde ein Opfer des »totalen Krieges«. Nach dem Kriegsende hatten die Mutter und ich das uns so teure Manuskript in eine Blechbüchse gerollt und zwischen den Dachsparren versteckt.

Alois schüttelte nachdenklich den Kopf. Ja, er habe ein paar Papiere in Verwahrung, die wohl von meinem Vater stammten. Aber ein Manuskript sei nicht darunter. Soviel er wisse, sei auf dem Dach nichts mehr. Er erzählte mir, daß vor den Kafkas mehrere andere Familien nacheinander auf der Rosinkawiese gewohnt hätten. Alle seien von den Wintern vertrieben worden, in denen sie oft tagelang abgeschnitten vom Ort hatten leben müssen, vielleicht ohne elektrisches Licht, wenn wieder mal ein Mast umgeweht worden war; wahrscheinlich mit eingefrorenem Leitungswasser; und sicher mit Schneewehen bis hinauf zum ersten Stock. Erst die Kafkas hatten sich entschlossen, für immer zu bleiben, auch wenn sie manchmal vor dem ärgsten Winter ins Dorf flohen. Als sie das Haus übernahmen, sei das meiste unserer Hinterlassenschaft schon fortgewesen.

Trotzdem bot Alois sich an, mit mir den Dachboden noch einmal gründlich abzusuchen. Wir leuchteten hinter jeden Sparren, in jeden Spalt. Die Büchse war weg. Vielleicht war das Manuskriptpapier auf jenem Papierhaufen gelandet, in dessen Asche eine ehemalige Wichstadtlerin damals, im Jahre 1946, mein kleines Foto gefunden hatte?

Alois übergab mir statt dessen eine andere Fundsache:

den tschechischen Paß meines Vaters, ausgestellt im Jahre 1921! Mir schossen die Tränen in die Augen, als ich mich so unverhofft seinem Foto gegenübersah, auf dem er höchstens zweiundzwanzig Jahre alt war. Ich entschuldigte mich und lief hinauf in »mein« Zimmer, wo ich blieb, bis ich mich wieder unter Kontrolle hatte. Die beiden Buben hatten nichts von meiner Gemütsbewegung gemerkt. Sie spielten am Teich.

Alois ging nun behutsamer vor. Er erzählte mir, daß er in Prag noch ein paar alte Hefte habe, die auf der Rosinkawiese gefunden worden seien. Er habe jemanden hineinschauen lassen, der Deutsch verstehe. Es seien Tagebücher. Er werde sie mir bei nächster Gelegenheit übergeben, wenn ich wolle.

Natürlich wollte ich. Die Mutter hatte mir oft erzählt, daß der Vater in seiner Studentenzeit Tagebuch geführt habe. Diese Tagebücher – oder wenigstens einige von ihnen – waren also nicht verlorengegangen. An ihnen lag mir viel. Denn mit zunehmendem Alter trieb mich die Frage um: *Mein Vater – was war das für ein Mensch?*

Aber Alois kam vor unserer Abreise nicht mehr nach Prag und wieder zurück auf die Rosinkawiese. Ob er die Hefte schicken solle? Nein. Das war mir zu unsicher. Ich nahm mir vor, im nächsten Jahr wiederzukommen.

Für den letzten Abend bereiteten Jiřina und Alois »a grill party« am Teichufer vor. Uns zu Ehren! Jiřina besorgte das nötige Geflügelfleisch im Dorf, kaufte Brot ein, Alois kramte einen Sack Holzkohle aus dem Schuppen und schleppte den Grillrost zum Teich. Ich hatte – ich weiß nicht mehr wozu – eine Doppelpackung Teelichte wie auch eine Tüte Luftballons von daheim mitgebracht. Alle vier Buben mußten nun Luftballons aufblasen. Die runden, bunten Kugeln banden wir neben dem Grillplatz an die Zweige des Gebüschs, ließen sie von den Birken- und Erlenzweigen herabbaumeln. Jiřina schleppte Becher und Getränke, wir halfen ihr dabei. Sobald die Hähnchenschenkel zu duften begannen, zerrten Robert und Michal Krystina aus dem Haus. Sie sollte doch auch an dem Fest teilnehmen! Verlegen lächelnd saß sie eine Weile auf der Kante eines Klappstuhls, um bei der nächstbesten Gelegenheit wieder zu verschwinden. Ein Fest an einem ganz normalen Werktag? – »Jeschuschmaria!« Es war ein lauer Abend, die Schnaken stachen. Alois empfahl, sich in den Grillrauch zu setzen. Ein guter Rat: Die Biester ließen uns in Ruhe. Aber noch Tage danach rochen wir wie geräuchert.

Es wurde immer stiller, die Geräusche der Kolchose drüben auf dem Hang verstummten, nur noch selten fuhr ein Auto auf der Straße vorbei. Ab und zu sprang ein Fisch. Der Wind schlief ein – zur Freude der Kinder. Denn sie hatten noch einen besonderen Programmpunkt für das Fest vorbereitet: Schon am Nachmittag hatten sie aus dem Holzstoß neben dem Schuppen kleine Bretter gezogen, hatten sie im Teich geprüft, ob sie waagerecht auf dem Wasser schwammen, und nun beklebten sie sie mit den bunten Teelichtern. Als die Dämmerung einfiel, ließen sie diese Leuchtschiffchen vom Stapel laufen, schoben sie behutsam an, damit sie fortglitten. Bald flackerten auf dem ganzen Teich verschiedenfarbige Flämmchen, zogen gelassen dahin, spiegelten sich im schwarzen Wasser. Die Kinder kauerten am Ufer und staunten.

Am nächsten Morgen fuhren wir ab. Krystina gab uns noch eine große Proviantüte mit. Alle Rosinkawiesen-Bewohner begleiteten uns bis zum Teich, vergewisserten sich, daß wir unbeschadet über den Damm kamen.

»Good luck!« rief uns Alois nach.

Ich kann mich nicht mehr erinnern, in was für einem Feld die Rosinkawiese in jenem Sommer lag. War es Raps? War es Luzerne?

Eine vergebliche – und doch nicht
vergebliche – Reise

Nach unserer Heimkehr wanderten Briefe hin und her, schickte ich Fotos nach Prag, schickte mir Jiřina Fotos nach Hartershausen. Um die Weihnachtszeit kreuzten sich Grüße. Die Prager schrieben: »Kommt doch im nächsten Sommer wieder!«

Aber im nächsten Sommer hatte ich keine Zeit. Meine Mutter wollte unbedingt ein paar Wochen nach Österreich, und das hieß, daß wir anderen mitfuhren. Den Rest der Sommerferien war ich mit dringenden schriftstellerischen Arbeiten beschäftigt.

Auch im Sommer darauf, 1982, sah ich schon alle Hoffnung schwinden, auf die Rosinkawiese fahren und dort Vaters Tagebuch holen zu können. Denn in jenem Jahr entstand unser Haus in Schlitz, in das wir umzuziehen gedachten. Ich mußte mich fast täglich um den Bau kümmern. Aber weil ich auf ein Wunder hoffte und wenigstens die formellen Voraussetzungen für eine Kurzreise schaffen wollte, besorgte ich im Frühsommer ein Visum für Martin und mich. Wolfgang hielt sich während dieser Ferien in England auf.

Mir ließ das Tagebuch keine Ruhe.

Mein Vater war kurz vor meinem fünfzehnten Geburtstag gestorben. Aber schon seit meinem zwölften Lebensjahr war ich ihm ja nur noch während seiner spärlichen Urlaubstage begegnet – und auch dann nicht immer. Denn ich ging ja auswärts zur Schule und kam nur über die Wochenenden heim.

Ich hatte mich ihm eng verbunden gefühlt, hatte ihn als Kind sehr liebgehabt. Jahrzehntelang hatte ich ihn in meiner Erinnerung sozusagen auf ein geschmücktes Podest gestellt. Aber mit zunehmendem Alter und wachsendem politischem Interesse waren mir Zweifel gekommen:

Entsprach er wirklich dem Bild, das meine Erinnerung geschaffen hatte? Dieses Bild begann sich unter der Einwirkung meiner Zweifel aufzulösen, wurde zum »weißen Fleck«. Es drängte mich, diesen Mann, der so zwiespältig, so »zwei-in-einem« gewesen war, genauer kennenzulernen, sein Bild zu revidieren. Es gab noch Spuren von ihm. Eine Spur führte über die Rosinkawiese.

Als mein Architekt für eine Woche in Urlaub fuhr, der Hausbau also für eine Weile stockte, entschloß ich mich blitzschnell, doch noch hinüberzufahren. Alois kam auch im Sommer immer nur über die Wochenenden nach Mladkov. Wenn ich ihm rechtzeitig nach Prag schrieb, konnte er das Tagebuch mitbringen. Ich schickte einen Eilbrief nach Prag und sicherheitshalber auch einen auf die Rosinkawiese.

Ein paar Tage später fuhr ich los. Martin ließ ich daheim bei der Großmutter. Für ihn wäre eine so kurze Fahrt zu anstrengend gewesen und hätte seine guten Erinnerungen an die Tage auf der Rosinkawiese vielleicht getrübt.

Als ich spät abends auf der Rosinkawiese ankam, schaukelte mein Wagen in gefährlich schrägen Lagen über den Damm. Den hatten die Bisamratten so stark unterhöhlt, daß seine Oberfläche an mehreren Stellen tief eingesunken war. Und als ich ihn endlich hinter mir hatte und auf das Haus zurollte, kam mir händeringend – »Jeschuschmaria!« – Krystina entgegen, noch gebückter als das letzte Mal, hinter ihr das alte Ehepaar Pilnaček, das bei ihr immer dann die Zimmer im ersten Stock bewohnte, wenn sie sonst allein gewesen wäre.

Herr Pilnaček hatte in seiner Schul- oder Militärzeit einmal Deutsch gelernt, er konnte sich in dieser Sprache recht gut ausdrücken. Von ihm erfuhr ich, daß Jiřina und Alois mit den Kindern ausgerechnet jetzt auf Urlaub an der DDR-Ostseeküste weilten. Weder mein Brief nach Prag noch meine Karte nach Mladkov hatte sie mehr erreichen können.

Die drei alten Leute versuchten, meine Enttäuschung aufzufangen. Frau Pilnaček ließ es sich nicht nehmen, sofort eines ihrer beiden Zimmer für mich freizumachen, obwohl mir eine Matratze in einer der Kammern genügt hätte. Und Krystina tischte ein Abendessen auf, von dem eine ganze Familie satt geworden wäre.

Nein, das Tagebuch bekam ich auch diesmal nicht, das stand fest. Diese Enttäuschung überschattete die ganze kurze Reise.

Am nächsten Morgen packte ich meine Mitbringsel für die Familie aus und übergab sie Krystina, die sich immer wieder, was mir peinlich war, überschwenglich bedankte. Auch für Pilnačeks hatte ich Geschenke mitgebracht. Herrn Pilnaček fand ich hinter dem Haus, wo er eine Schubkarre mit Sand vollschaufelte, um die Absenkungen im Teichdamm aufzufüllen. Ich half ihm dabei. Die volle Schubkarre zum Teich zu fahren war für den alten Mann schon eine beschwerliche Angelegenheit. Sicherheitshalber legten wir noch Bretter über den Sand. Gefahrlos fuhr ich über den Damm.

Veränderungen über Veränderungen: Die Rosinkawiese lag jetzt mitten in einer Kuhweide, auf der sich dort, wo sich einmal Feldraine entlanggezogen hatten, doch wieder junges Gewucher emporwagte: Holunder, Brombeeren, Himbeeren. Die beiden ehemaligen Bauernwäldchen nördlich und östlich der Rosinkawiese, schon beim letzten Besuch teilweise abgeholzt, waren nun ganz verschwunden. Nur noch Gestrüpp wucherte um die Baumstümpfe.

Und im Dorf war wieder eine Reihe altvertrauter Häuser verschwunden; neue Wohnblocks standen dort, wo ich Felder in Erinnerung hatte. Der Marktplatz hatte sich zur Schule hin geöffnet, eine ganze Häuserzeile war nicht mehr da: kleine, alte Bauernhöfe mit Misthaufen hatten jetzt Grünanlagen Platz gemacht, die ein roter, fünfzackiger Stern zierte. Oder war das alles schon beim letzten Mal so anders gewesen? Hatten mich die Kinder abgelenkt, so daß ich es nur nicht bemerkt hatte? Oder schob sich die Erinnerung an das »alte« Wichstadtl zwischen jeden Besuch, machte sich wieder breit, überlagerte die neuen Eindrücke?

Der Ort hatte jetzt eine Abwasserkanalisation. In meiner Kindheit waren die Abwässer noch in Senkgruben oder in den nächsten Graben, den nächsten Bach geflossen. Die neuen Häuser, so häßlich sie auch waren, besaßen Badezimmer. Im Gasthof stand ein Fernseher. Fortschritt auch hier, nicht aufhaltbar. Das Alte mußte weichen, genauso wie bei uns in Schlitz, wo in den Sechzigern, aber auch noch in den Siebzigern ein Fachwerkhaus nach dem anderen komfortablen Neubauten und Straßenverbreiterungen gewichen war.

Und auch das »Fleischerloch« war nicht mehr da, die große Mulde in einer Straßenkehre zwischen den letzten Häusern des Ortes, wo die Wichstadtler früher ihren Sperrmüll hinzukippen pflegten. Viel war es nicht gewesen, fast aller alter Kram war ja noch zu irgend etwas verwendbar gewesen: Das Papier war auf die Plumpsklos gewandert, zerbrochene Tassen hatte man wieder zusammengeklebt, Schuhe immer wieder reparieren lassen. Das »Fleischerloch« war nie voll geworden. Jetzt war dort eine Hangwiese, und es gab eine Müllabfuhr.

Ich fuhr nach Králíky, nun wach für alles Neue: Eine Reihe von Bürgerhausfassaden rund um den großen Marktplatz war sorgfältig renoviert, Parkplätze waren markiert, junge Bäume gepflanzt worden. Das Leben war nicht stehengeblieben im Jahr 1945.

Ein Plakat fiel mir ins Auge. Ich konnte den Text nicht lesen, aber das Foto erstaunte mich: ein Kindergesicht, das mich traurig-nachdenklich ansah. Im Hintergrund groß und unheimlich ein Atompilz. Wie unverständlich wäre meinem Onkel Willi, dem alleswissenden Bürgerschuldirektor, der dort drüben hinter einer der renovierten Fassaden gewohnt hatte, dieses Plakat gewesen! Alles bewegte sich, veränderte sich, veränderte sich immer schneller.

Der Marktplatz von Králíky/Grulich

Ich hatte noch etwas vor: Mir war eine Erzählung Otfried Preußlers begegnet, die sich ›Der Gloria-Engel‹ nennt. Darin beschreibt der aus dem Sudetenland stammende Autor, wie ein Mann – irgendwann in den frühen Siebzigerjahren – einen der letzten Krippenfigurschnitzer der »Grulicher Schule« in dessen altem Haus bei Králíky besuchte, um endlich für seine unvollständige Grulicher Weihnachtskrippe den fehlenden Gloria-Engel aufzutreiben. Der Mann war wohl der Autor selber. Und er bekam den Engel auch.

Diese Erzählung hatte mich sehr beschäftigt. Ich war mit dieser Art Krippen vertraut. Sehr viele Leute in Wichstadtl, im ganzen Adlergebirge und in der Umgebung Grulichs hatten so eine Weihnachtskrippe mit handgeschnitzten Figuren besessen, je nach ihrem Besitzstand reicher oder bescheidener ausgestattet. Mein Großvater war auf seine Krippe ganz besonders stolz gewesen. Jahrelang hatte er Krippenfiguren gesammelt, hatte selber mit seinen Söhnen eine Stadt Jerusalem aus Sperrholz gebaut, hatte Bäume und Sträucher, ganze Landschaften mit Gebirgen aus Pappmaché gebastelt. Auf einem vier Meter langen, treppenartigen Wandbord, das während des übrigen Jahres zusammen mit den Figuren und sonstigen Utensilien wohlverpackt auf dem Dachboden zu ruhen pflegte, hatte er an jedem ersten Advent die ganze Krippe aufgebaut. Diese Szenerie umfaßte aber nicht nur den Schafstall mit der Heiligen Familie, ein paar Hirten mit Schafen, Ochs und Esel im Hintergrund, sondern die gesamte Landschaft bis hin nach Jerusalem, wo man den Palast des Herodes zu sehen bekam. Kriegsknechte zogen durch ein Tor, ein Nachtwächter tutete ins Horn, Frauen holten Wasser in Krügen, die sie auf dem Kopf trugen. Die Felder waren voll von Hirten und Herden. Mit reichem Gefolge wallten die Heiligen Drei Könige heran, und über allem schwebte ein Verkündigungsengel, der einen geleimten Flügel hatte. Dieses Unglück hatte *ich* auf dem Gewissen. Aber der Großvater, dem ich immer beim Aufstellen der Krippe zur Hand gegangen war, hatte mir meine Unachtsamkeit verziehen.

Preußlers Erzählung hatte also sehr intensive Kindheitserinnerungen in mir geweckt. Und nun wollte ich sehen, ob der alte Schnitzer auch mir ein paar Figuren abgeben würde. Denn Großvaters Krippe war unwiederbringlich verloren, und wir hatten auch von unserer eigenen Krippe keine einzige Figur retten können.

Gleich der erste Passant in Králíky, den ich fragte, wußte die Adresse des Schnitzers, der offensichtlich im Städtchen bekannt war, obwohl er in einem Nachbardörfchen hinter dem Muttergottesberg wohnte. Dieses Dorf kannte ich: In Nieder-Heidisch, jetzt Dolní Hedeč, hatte auch die Schwester meiner Großmutter gewohnt, und ich hatte sie einmal zusammen mit der Großmutter besucht.

Ich fuhr hinauf, fand das alte, im Adlergebirgsstil gebaute Holzhaus mit dem steilen Spitzdach, in dem sich seit dem Kriegsende nichts verändert zu haben schien. Ich stellte mich vor, wurde hereingebeten, bekam einen Malzkaffee vorgesetzt. Die Frau des Josef Schwarzer – noch abgearbeiteter, noch gebückter als Krystina – war Tschechin. Sie sprach nur gebrochen deutsch. Beide waren bekümmert: Seit dem vergangenen Tag war ihr Hund verschwunden, »ein treuer Kerl«, wie Schwarzer sagte, »und so klug – er versteht Deutsch wie Tschechisch!« – Und sie: »Wenn ihn nur nicht die Zigeuner aufgegessen haben...!«

Als ich Schwarzer meinen Mädchennamen nannte, wurde er hellwach. »Pausewang – aus Wichstadtl?« fragte er. Sei ich etwa verwandt mit dem Feuerwehrhauptmann Pausewang, dem mit dem langen weißen Bart? Die Enkelin sogar? – Als junger Mann sei er auch bei der Feuerwehr gewesen, sei meinem Großvater auf Feuerwehrübungen und Feuerwehrfesten oft begegnet. Ein sachkundiger und besonnener Mann sei er gewesen, vor dem jeder Feuerwehrmann in der Umgebung große Hochachtung gehabt habe.

Der alte Mann taute auf und erzählte aus seinem Leben. Seine Schwester sei nach dem Krieg ausgesiedelt worden, lebe jetzt in Kassel. (Er gab mir ihre Adresse, ich solle sie grüßen, er schreibe nicht gern.) Ihn aber, obwohl Mitglied der Waffen-SS, habe man hierbleiben lassen. Das habe er seiner Frau zu verdanken. Weil sie Tschechin sei.

Jetzt horchte *ich* auf. Grotesk, sich vorzustellen, daß dieser alte, zusammengesunkene Schnitzer sakraler Holzfiguren (Sie: »Aus gekochtem Lindenholz schnitzt er sie, aber das Holz muß *ich* kochen. Eine Hundearbeit. Das geht über die Hände!«) einmal in einer Einheit der Waffen-SS gekämpft hatte! Diese makabre Kombination hätte sich wohl auch der phantasiebegabte Otfried Preußler, hätte er davon erfahren, nicht ohne weiteres vorstellen können.

Grulicher Weihnachtskrippe

Da waren sie wieder, die zwei Seiten einer Persönlichkeit. Da trat sie mir wieder ins Bewußtsein, diese Frage, die mich auch auf der Suche nach dem Wesen meines Vaters so beschäftigte: Wozu ein Mensch im Guten wie im Bösen fähig ist.

Nein, er könne mir keine komplette Krippe verkaufen, erfuhr ich. Er dürfe seine Krippen nur an den tschechischen Staat abgeben. Aber dann verschwand er in einem Kabinett und förderte doch vier Figuren zutage, Hirten allesamt, die irgendeinen Fehler hatten. Und er versprach mir, weitere »verpatzte« Figuren für mich aufzuheben. Damit mache er sich nicht strafbar, denn eigentlich würde er solchen Ausschuß wegwerfen. An den Staat könne er nur einwandfreie Stücke liefern. Hochbeglückt zog ich mit den vier Figuren ab – auch wenn der eine Hirte einen zu kurzen Arm hatte, ein anderer einbeinig war. Ich trug Kindheitserinnerungen heim!

Auch bei Hilde kehrte ich ein. Ich holte sie von der Arbeit ab und saß einen Abend lang mit ihr zusammen. Sie freute sich über jeden Besuch aus den beiden

Deutschländern. Was für eine tragische Existenz zwischen den Stühlen der Nationalitäten! Weil sie im Alter von sechzehn Jahren »Bund-Deutscher-Mädchen-Führerin« in Wichstadtl gewesen war, mußte sie nach dem Kriegsende ein paar Monate in tschechischen Gefängnissen verbringen. Denn ihr Vergehen wog in der Sicht der tschechischen Richter besonders schwer: Als Tochter einer tschechischen Mutter hatte sie den Deutschen, der Naziherrschaft gedient! Wieder entlassen, kämpfte sie, die Tochter eines deutschen Vaters, verzweifelt darum, mit all ihren Schulkameraden und Gefährten ihrer Jugend, mit den deutschen Wichstadtlern fortzudürfen, wo immer diese auch eine neue Heimat finden würden. Denn sie fühlte sich zu ihnen gehörig.

Aber sie durfte die Tschechoslowakei nicht verlassen, weil sie Halbtschechin war. Man zwang sie zu bleiben – am vertrauten Ort, der sich bald wieder mit Menschen füllte. Aber mit Menschen, die ihr ganz und gar fremd waren. Wie konnte er ihr da noch Heimat sein?

Ihr älterer Bruder hatte als Sohn eines deutschen Vaters in der deutschen Armee gedient. Kurz nach dem Waffenstillstand hatte er sich bis nach Wichstadtl durchgeschlagen. Seine Mutter hatte ihn versteckt gehalten. Aber am Tag des Massakers verriet ihn jemand. Er wurde von den Tschechen festgenommen und an die Russen ausgeliefert. Erst viele Jahre später erfuhr Hilde, daß er auf dem Heimtransport von Sibirien gestorben war.

Seitdem hatte sie ein gebrochenes Verhältnis zum Land ihrer Mutter, nicht aber zu ihrer Mutter. Sie pflegte sie geduldig und liebevoll bis zu deren Tod. Die uneheliche Tochter ihres Vaters, also ihre Stiefschwester, die – als Tochter eines Deutschen – wie fast alle Sudetendeutschen gezwungen worden war, nach dem Kriegsende die Tschechoslowakei zu verlassen, hatte im Odenwald eine neue Bleibe gefunden. Sie lud Hilde ein und ermöglichte ihr über die Jahre mehrere Reisen in die Bundesrepublik. Diese Reisen waren Lichtblicke in Hildes tristem Eheleben mit einem Tschechen, von dem sie sich nach der Geburt von drei Kindern scheiden ließ. Aber dann starb die Stiefschwester, und mit den Reisen war es aus. Jetzt blieben ihr nur noch ihre Kinder, von denen keines Deutsch konnte.

Ab und zu traf sie sich mit einem Deutschen, der, obwohl Sohn deutscher Eltern, aus irgendeinem mehr oder minder skurrilen Grund nicht mit ausgewiesen worden war. Er war Erbe eines stattlichen Bauernhofes gewesen. Dessen gesamte Äcker aber wurden nach dem Krieg in die örtliche Kolchose einbezogen. Der Mann wurde Arbeiter, blieb unverheiratet und lebte – fern von Freunden und Verwandten, die nun alle in Deutschland waren – mutterseelenallein auf dem Hof, der ihm nicht mehr gehörte und langsam zerfiel. Diese beiden einsamen Menschen trösteten und stützten einander ein wenig und standen einander bei, wenn es nötig war.

Hilde fuhr mit mir hinauf in das Adlergebirgsdorf, wo er wohnte. Einen Abend lang, bis es ganz finster geworden war, saßen wir zu dritt in der Stube, die mich, unverändert seit Jahrzehnten, in meine Kindheit zurückversetzte, und sprachen über einst und jetzt. Ein Blick durch das Fenster offenbarte den trostlosen baulichen Zustand der leerstehenden Stallungen, der ungenutzten Scheune. Der Mann zuckte mit den Schultern. Wozu erhalten? Nach ihm würde niemand mehr in diesem Gemäuer leben. »Ich leb' hier halt noch mein Leben herunter, und fertig. Verantwortung tragen brauch' ich für nichts und niemanden mehr...«

Ich reiste einen Tag früher ab, als ich eigentlich vorgehabt hatte. Bei Krystina ließ ich die beiden von mir verfaßten Romane zurück, die ins Tschechische übersetzt und in den Siebzigern in Prag erschienen waren. Beim letzten Besuch hatte ich sie daheim vergessen. Ob Krystina sie je gelesen hat? Kaum. Ich frage mich, ob sie sich in ihrem Leben überhaupt je die Zeit genommen hat, ein Buch zu lesen. Ich glaube, Bücherlesen bedeutete für sie – sofern es sich nicht um Schulbücher handelte – eine luxuriöse Tätigkeit, die sich nur aus dem allgemeinen Arbeitsleben herausgehobene Persönlichkeiten leisten konnten. Wie aber mochte sie *mich* sehen, die ich Bücher schrieb?

Am Abend vor meiner Abreise führte sie mich hinaus in den Schuppen, holte einen Packen alter Zeitungen und einen Spaten und ging mit mir hinaus zu einem Blumenbeet. Sie zeigte auf die Blumen, machte dann eine weit ausholende Bewegung, die westwärts gerichtet war, über die Hügel hinweg. Ich verstand: Ich sollte mir ein paar Blumenstauden ausgraben, sollte sie mit heimnehmen, sozusagen als ein Stück Rosinkawiese.

Das tat ich. Gut angefeuchtet, die Wurzeln umwickelt mit tschechischen Zeitungen, brachte ich sie wohlbehalten heim nach Schlitz. Ich pflanzte sie in den Garten meines neuen Hauses, wo sie sich seitdem üppig vermehren.

Krystina zwischen Michal und Robert

Am Morgen, bevor ich abreiste, strich Krystina Berge von Broten für mich, und Frau Pilnaček gab mir eine große Tüte voll Frühäpfel mit, »für die ganze Familie«, wie ihr Mann mir übersetzen mußte. Krystina geriet in Unruhe: War ihr Geschenk nicht zu klein, zu armselig gewesen? Sie eilte in den Keller, holte eine Flasche slowakischen Weines herauf, drückte sie mir in die Hand. Und während ich diese so kostbare Gabe gut gepolstert im Kofferraum verstaute, holte Krystina ein Küchenmesser und schnitt ein paar Stengel ihrer Rosen ab, die ich sie so liebevoll hatte pflegen sehen – ihr ganzer Stolz!

Wir weinten beide, als wir voneinander Abschied nahmen. Ich ahnte, daß wir uns zum letzten Mal so nahe waren.

Auf der Heimreise hielt ich immer wieder an, um den Rosenstrauß mit Wasser zu benetzen. Die Servietten der Restaurants, in denen ich unterwegs aß, befeuchtete ich und wickelte sie um die Stengel. Ich fuhr, so schnell ich konnte. Ich hatte ja lebendige Wesen im Wagen, die eine lange Fahrt nicht vertrugen. Einmal blieb ich an einem Bachufer stehen, lehnte den Strauß – mit den Stengeln im Wasser – an einen Stein und schlief eine Weile. Als ich in der Nacht daheim ankam, waren die Rosen noch nicht welk geworden. Am nächsten Morgen fotografierte ich den Strauß. Das Foto schickte ich Krystina.

Im Oktober desselben Jahres, nach einem Briefwechsel mit den Pragern, in dem sie und ich lebhaft bedauerten, einander verfehlt zu haben, fuhr eine mit mir befreundete Schlitzer Familie nach Prag. Ich erzählte ihr vom Tagebuch meines Vaters, und die Schlitzer boten sich an, Jiřina und Alois aufzusuchen und sich das Tagebuch aushändigen zu lassen. Ich schrieb sofort nach Prag, daß sich mir eine gute Gelegenheit biete, in den Besitz des Tagebuchs zu kommen, und daß ich darum bäte, es den Schlitzern zu übergeben, wenn sie sich demnächst in Prag melden würden.

Die Schlitzer, unterwegs mit vier Kindern, hielten sich nur auf der Rückreise von Mähren in Prag auf. Sie hatten keine Hotelzimmer reservieren lassen, weil sie noch am selben Tag hatten weiterfahren wollen. Aber dann war es doch später geworden als geplant, und sie fanden keine Unterkunft mehr.

Alois und Jiřina machten Unmögliches möglich, brachten alle sechs über Nacht in ihrer engen Etagenwohnung unter, und Alois lotste sie am nächsten Morgen durch die fremde Stadt bis auf die Autobahn. Als die Schlitzer heimkamen, waren sie voll des Lobes über die Freundlichkeit der Tschechen im allgemeinen und besonderen, und ich nahm das Tagebuch mit Dank in Empfang.

Als ich es daheim aus der Plastiktüte zog, in die Alois und Jiřina es gewickelt hatten, war ich maßlos enttäuscht: Wohl war es ein Tagebuch, aber nicht das meines Vaters. Ich kannte seine Schrift. Sie hatte nichts mit dieser Tagebuchschrift gemeinsam.

Aber das Tagebuch war auf der Rosinkawiese gefunden worden, und es war in deutscher Sprache geschrieben! Mich packte die Neugier. Ich begann zu lesen. Schon nach den ersten Seiten war mir klar, daß diese Erlebnisschilderungen, diese Gedanken nur von einer jungen Frau stammen konnten.

Ich gab die noch gut erhaltenen Blätter meiner Mutter zu lesen. Sie löste das Rätsel sofort: Das Tagebuch hatte ihre langjährige Freundin Lene geschrieben. Lene hatte im Jahr 1944 eine Reisetruhe, voll mit kostbarer Damastbettwäsche, ihr besonders lieb gewordenen Büchern, persönlichen Andenken und Tagebüchern, Fotos und Briefen zu uns auf die Rosinkawiese geschickt, weil sie annahm, daß diese ihr so am Herzen liegenden Dinge während des Kriegsendes, das sich damals schon deutlich abzuzeichnen begann, bei uns sicherer aufgehoben seien als in der unmittelbaren Umgebung von Wien, wo sie damals mit ihrer Familie wohnte. Die Reisetruhe, die bis zu unserem Abschied verschlossen auf unserem Dachboden gestanden hatte, war kurz vor unserem Exodus im Beisein meiner Mutter, die den Schlüssel nicht schnell genug finden konnte, von Tschechen aufgeschossen worden. Wir hatten sie und ihren Inhalt auf der Rosinkawiese zurücklassen müssen.

Lene lebte noch. Wir wagten nicht, dieses auf so verschlungene, so umständliche Weise wiedererhaltene, unersetzliche Dokument der Post anzuvertrauen. Da meine Mutter noch immer mit Lene und ihrem Mann Carl – inzwischen beide schon über achtzig Jahre alt – eng befreundet war, beschlossen wir, die beiden in Kufstein, wo sie inzwischen wohnten, zu besuchen und Lene persönlich ihr Tagebuch auszuhändigen.

Kopfschüttelnd empfing sie es, blätterte es, das noch vor ihrer Heirat geschriebene, lächelnd durch, legte es beiseite. Was es mich für Mühe gekostet hatte, in den Besitz dieses über sechzig Jahre alten Tagebuchs zu kommen, was es für Hoffnungen geweckt, für Emotionen ausgelöst, für Begegnungen bewirkt hatte, ist der alten Frau nie bewußt geworden.

Zwei Tschechen in Schlitz

In den nächsten beiden Jahren ergab sich für mich keine Möglichkeit, die Rosinkawiese zu besuchen. Der Umzug ins neue Haus und der Kampf der Schlitzer Bevölkerung gegen das Projekt der amerikanischen Armee, einen Panzerübungsplatz in das Waldgebiet des Eisenbergs in der unmittelbaren Nähe unserer kleinen Stadt zu bauen, absorbierten mein Interesse und meine Kräfte. Und ich fühlte mich jetzt für eine Reise nach Mladkov auch merkwürdig unmotiviert. Durch einen lockeren, aber regelmäßigen Briefwechsel mit den Pragern erfuhr ich alle Neuigkeiten, die die Rosinkawiese betrafen. Es gab so gut wie keine, außer daß die Bisamratten einen Teil des Dammes so durchwühlt hatten, daß das Wasser durchgebrochen war und der Teich nun – bis zur Beendigung der Dammreparatur, für die die Kommunalverwaltung zuständig war – trocken lag. Und daß Krystina sehr krank gewesen, nun aber schon wieder auf dem Weg der Besserung war und sich nur mit Mühe davon abhalten ließ, wieder im Garten zu werkeln.

Martin zeigte auch keine Lust, ein paar Tage auf der Rosinkawiese zu verbringen. »Die kenn' ich ja schon«, meinte er. In seinem Alter reizt vor allem Unbekanntes. Er freute sich auf eine Englandreise.

Und meine Geschwister? Die zwei Jüngsten konnten sich an die Rosinkawiese nicht mehr erinnern. Und auch die beiden Schwestern, die nach mir geboren waren, zeigten wenig Interesse an einer Besichtigung. Ich hatte ihnen ja immer von meinen Eindrücken berichtet, und ihren Kindern hatten sie mein Rosinkawiese-Buch zu lesen gegeben. Damit ließen sie es genug sein.

In jedem Frühjahr erreichte mich eine herzliche Einladung aus Prag, ich solle doch diesen Sommer auf die Rosinkawiese kommen. Aber ich schrieb ab: vielleicht im nächsten Sommer.

Dann plötzlich, es war im Frühjahr 1985, erreichte mich eine Nachricht, die mich überraschte und freute: Alois schrieb, es biete sich ihm die Möglichkeit, im Sommer für ein paar Tage »in den Westen« zu kommen. Robert wolle er mitnehmen. Der sei nun schon elf Jahre alt und solle auf dieser Reise Gelegenheit erhalten, sein Privatstundendeutsch in der Praxis zu erproben. Ob sie uns besuchen dürften? Er, Alois, wolle nach einem kurzen Aufenthalt in Schlitz nach England weiterreisen, wo er einen englischen Berufskollegen besuchen und sein Englisch etwas auffrischen wolle. Ob Robert während dieser Zeit bei uns bleiben dürfe?

Ich schrieb sofort zurück und äußerte meine und Martins Freude. (Wolfgang lebte zu dieser Zeit nicht mehr bei uns.) Meine Mutter erwähnte ich nicht, denn sie war alles andere als erbaut von diesem zu erwartenden Besuch.

In seinem nächsten Brief fragte Alois an, ob es irgend etwas gebe, das ich aus der Tschechoslowakei mitgebracht haben möchte. Ich schrieb zurück, er möge doch einmal bei Josef Schwarzer, dem Krippenschnitzer, in Dolní Hedeč vorbeischauen. Vielleicht habe der ihm etwas für mich mitzugeben.

In Schlitz, unserer kleinen, romantischen Fachwerkstadt, wird am ersten Juliwochenende eines jeden Jahres mit ungerader Jahreszahl ein großes, internationales Trachtenfest gefeiert, dessen Besonderheit wohl gerade darin besteht, daß es die Begegnung auch mit vielen Volkstanzgruppen aus den Ostblockstaaten ermöglicht. Drei Tage lang ist dann der Fünftausend-Einwohner-Ort außer Rand und Band. Ungarn treffen sich beim Bier mit Iren, Bulgaren tanzen mit Norwegern, Polen singen mit Spaniern, Tschechen radebrechen mit Indios aus dem bolivianischen Hochland. Und alle freunden sich mit den Schlitzer Gastgebern an, denen diese Begegnung mit Menschen aus der großen weiten Welt – ohne Rücksicht auf politische Machtbereiche – überaus guttut. Zum Festzug am

Sonntagnachmittag, dem Höhepunkt, strömen aus ganz Hessen, ja auch aus den angrenzenden Bundesländern, bis zu 25 000 Zuschauer herbei.

Ausgerechnet während sich dieser Festzug durch unser Städtchen bewegte, kamen Alois und Robert auf dem Bahnhof in Bebra an – ein paar Stunden zu spät, um ihn miterleben zu können. Martin und ich standen auf dem Bahnsteig und erkannten die beiden schon von weitem. Robert war längst kein kleiner Abc-Schütze mehr, wie wir ihn in Erinnerung hatten; Alois schien während der letzten Jahre noch ein paar Pfunde zugelegt zu haben. Sie hatten nur wenig Gepäck. Alois trug eine Schachtel, die mit einem Bindfaden verschnürt war. Die behandelte er, als wir in den Wagen stiegen, wie eine Packung roher Eier.

Es war ein heißer Tag. Die beiden waren müde von der langen Bahnfahrt über Dresden. Trotzdem konnten sie sich nicht sattsehen an dem, was ihnen auf der Heimfahrt über Bad Hersfeld begegnete. Was war hier nicht alles anders als »drüben«: der helle Anstrich der Häuser, der dichte Autoverkehr, die grelle Reklame in den Geschäftsstraßen, die vollen Schaufenster, die talüberspannende Baustelle der Schnellbahn Hannover – Würzburg...

Ich sah keinen Anlaß, stolz auf diese Repräsentationen technischen Fortschritts und materiellen Wohlstands zu sein. Ich hoffte auf Alois' nüchternen Verstand. In meinen Gedanken beschwor ich ihn, in unserer Bundesrepublik nicht nur ein Konsumland, ein High-Tech-Eldorado, ein Einkaufsparadies zu sehen. Ich deutete auf Umweltzerstörungen hin, erwähnte das Problem der Arbeitslosigkeit, der Drogen, sprach von wachsender Kriminalität und der Rücksichtslosigkeit im menschlichen Miteinander, die sich besonders deutlich im Straßenverkehr zeige...

Daheim saßen wir bei kühlen Getränken auf dem Balkon, von dem aus wir das Städtchen überblicken konnten. Dann aßen wir zu Abend. Ob sie noch Kraft genug

Robert und Alois in Schlitz

für einen Spaziergang auf den Marktplatz hätten? O ja, natürlich, beteuerten sie, man wolle sich nichts Erlebenswertes entgehen lassen.

Die Stadt hatte sich in einen Rummelplatz verwandelt. In den engen Fachwerkgäßchen standen dicht an dicht Schießbuden neben Losbuden, Süßwarenstände neben Eis- und Zuckerwatteverkäufern. Auf den kleinen Plätzen drehten sich Karussells, lärmten Autoscooter. Unter den angestrahlten Türmen und Burgen duftete es aus Würstchenbuden, wurden Bier und Wein ausgeschenkt, drängten sich Menschen verschiedenster Nationalitäten in ihren malerischen Trachten. Auf dem Marktplatz tanzten Volkstanzgruppen zur Musik von Trachtenkapellen.

Wir zwängten uns durch die Menge. Robert bemühte sich, uns im Gedränge nicht aus den Augen zu verlieren. Wie mußte ihm zumute sein! Sicher gab es auch in Prag Rummelplätze, konnte man Autoscooter fahren. Aber ihn mußte die Aufwendigkeit, die Üppigkeit, die Lust am Konsum verwirren, die er hier beobachtete. Und er begegnete niemandem, der eine Münze dreimal umdrehte, bevor er sie ausgab.

Während ich mit Alois den Tanzgruppen zuschaute, zog Martin mit Robert davon, ließ ihn ein paar Lose ziehen, fuhr mit ihm Autoscooter, vergnügte sich mit ihm an einer Schießbude. Auch er brauchte den Pfennig nicht umzudrehen. Als die Buben wieder zu uns stießen, konnte Robert die Augen kaum mehr offenhalten.

Erst am nächsten Morgen, nach einem langen Schlaf, packte Alois Geschenke aus: wunderschöne Radierungen – Blumenmotive – von Prager Künstlerfreunden. Ein Fotobuch von Prag. Und dann kam der Inhalt des verschnürten Kartons zum Vorschein: Figuren, dick in Holzwolle und tschechische Zeitungen verpackt, aus Nieder-Heidisch, aus Dolní Hedeč!

Am Montagnachmittag gingen wir noch einmal auf den Marktplatz und sahen eine Weile den Tanzgruppen zu. Dann schlenderten wir unseren Kindern nach, die vom Trachtentreiben genug hatten und auf einem Teich am Rand der Stadt Boot fahren wollten. Als wir das Ufer erreichten, schipperten sie schon, gemeinsam rudernd, durch die Entenschwärme.

»Wollen wir auch?« fragte Alois und grinste.

Natürlich wollten wir. Alois ruderte. Ich fragte nach Haus und Garten in Mladkov, nach Jiřina und Michal, nach Jiřinas Mutter (deren Namen ich bis heute nicht kenne), vor allem aber nach Krystina. Ich erfuhr, daß sie nicht mehr so könne, wie sie wolle, aber darauf bestehe, die Sommermonate auf der Rosinkawiese zu verbringen.

»Well, our Rosinkawiese – a lovely, a peaceful place...«, sagte Alois. Aber sie mache viel Arbeit.

Ich fühlte mich angenehm überrascht, ja beglückt, als ich ihn diesen »lovely place« mit dem Namen benennen hörte, den wir ihm gegeben hatten. Vielleicht war das der Grund, weshalb ich ihm während dieser Kahnpartie beiläufig von dem Schatz erzählte, der hinter dem Haus vergraben liegt. Er hörte aufmerksam zu, lachte dann und zeigte mit dem Kinn zum anderen Boot hinüber: »Überlassen wir's unseren Kindern, ihn zu heben. Sie werden ihren Spaß dabei haben.«

Am nächsten Tag hatte er eine Menge in Fulda einzukaufen. Vor allem lag ihm daran, sich über das Computerangebot zu informieren. Tags darauf fuhr er in Richtung Ostende ab.

Robert blieb, wie verabredet, bei uns. Ich fuhr die beiden Buben ins Jossatal, wo sie zelteten und am Ufer der Jossa ein Floß bauten. Nach drei Tagen holte ich sie wieder ab. Sie verbrachten halbe Tage im Freibad, streiften durch den Tierpark, besuchten mit mir eine Aufführung des Musicals ›Anatevka‹ in der Stiftsruine von Bad Hersfeld, spielten zusammen Tischtennis, Dame und Schach, schliefen im Gartenhaus.

Fasziniert von menschlichen Begegnungen und den technischen Fortschritten auf dem Gebiet der Computertechnik kehrte Alois aus England zurück – aber zutiefst deprimiert von der Bettler- und Habenichtsrolle, die einer, der damals privat aus dem Ostblock in den Westen kam, zu übernehmen gezwungen war. Zufrieden stellte er fest, daß ihn sein Sohn nicht vermißt hatte. Einen Tag lang ruhte er sich von der Englandstrapaze im Liegestuhl auf unserem Balkon aus. Die alten Fotos aus unserer Rosinkawiesenzeit betrachtete er hoch interessiert und stellte viele Fragen. Kein Zweifel: Er machte sich Gedanken über unsere merkwürdige, so ungewöhnliche Existenz damals auf dem Sumpfgrundstück.

Am letzten Tag jagte er in Fulda Ersatzteilen nach, die er daheim dringend benötigte. Am Abend aber, wie an allen Abenden, die er bei uns weilte, gerieten wir in tiefe

Martin und Robert

Gespräche über – ja, worüber eigentlich? Es gab kaum eines der schwerwiegenden Probleme unserer Zeit, das wir nicht berührt hätten. Und immer wieder drängte es mich, Alois' tiefem Pessimismus meine Hoffnungen entgegenzusetzen. Nein, ich brauchte nicht zu befürchten, daß Alois nur die Schokoladenseite des Westens wahrgenommen haben könnte. Er hatte schnell gelernt, hinter die Kulissen zu schauen.

Am Abreisetag waren wir beide etwas gereizt. Ich, weil die beiden Prager einen Tag länger geblieben waren als vorgesehen, was die für den folgenden Tag geplante Abreise unserer Familie in die Vogesen verzögerte. Er, weil ihm die von seinem Staat so knapp zugeteilte Summe

»Westmark« längst nicht ausreichte für all das, was er mit heimbringen sollte und wollte.

Ich brachte die beiden an den Zug nach Fulda. Kaum konnten sie das Gepäck schleppen, das sie jetzt bei sich hatten: teils Einkäufe, teils Geschenke von uns für alle Familienmitglieder, die hatten daheimbleiben müssen. Es zeigte sich, daß sie nur Rückfahrkarten Prag–Bebra hatten. Ich bezahlte ihnen die Tickets von Fulda bis Bebra, denn sie besaßen kein deutsches Geld mehr.

Es sei so schön gewesen, sagte Robert zum Abschied. Er hatte viel Deutsch dazugelernt, hatte seinen Vokabelschatz erweitert, konnte sich schon recht geschickt ausdrücken.

»Du mußt bald wieder herkommen«, sagte ich zu ihm, und er nickte begeistert.

»Kind greetings for your mother!« rief mir Alois noch aus dem Zugfenster zu.

Im neuen Haus wohnt meine Mutter in der Etage über mir. Das Bild der Rosinkawiese, das ich im Jahr 1943 als Fünfzehnjährige gezeichnet hatte, hängt neben ihrem Schreibtisch. Sie hatte sich geweigert, Alois zu empfangen. Nur gegen eine Begegnung mit Robert hatte sie sich nicht gesträubt. Zusammen mit Martin hatte er oft bei ihr gesessen, hatte mit ihr am Tisch gegessen. Kein Zweifel: Sie hatte ihn gemocht.

Alois hatte ihre Verweigerung gelassen hingenommen. »Sie ist eben noch von der Generation, die's bei uns und bei euch ins Herz getroffen hat«, meinte er. »Wir sind eine Generation weiter. Und unsere Kinder juckt's schon nicht mehr...«

Die Rosinkawiese – abgehakt?

Und wieder gingen Briefe hin und her, schickte ich meine neuen Bücher hinüber, kamen pünktlich, im März oder April, Einladungen aus Prag: Kommt ihr im Sommer auf die Rosinkawiese? Diese Briefe schrieb meistens Jiřina – in einem etwas skurrilen Deutsch.

Aber im Sommer 1986 – nachdem meine Mutter einen Schlaganfall erlitten hatte, der ihr von einem Tag auf den anderen die Fähigkeit nahm, zu lesen, zu schreiben und Musiknoten auf der Laute oder auf dem Klavier in Töne umzusetzen – flog ich mit Martin nach Kolumbien, um ihm die Stätten seiner Kleinkinderzeit in diesem wunderschönen Land zu zeigen und ihm eine Ahnung von der Mentalität der Südamerikaner zu vermitteln. Diese Reise hatte sich Martin schon lange gewünscht, und auch mir hatte sie am Herzen gelegen. Meine Mutter war versorgt: Während unserer Abwesenheit wohnte meine Schwester bei ihr. Und die Rosinkawiese? Die lief uns nicht davon. Vielleicht im nächsten Sommer...

Im Spätherbst desselben Jahres erreichte mich ein Brief von Jiřina. Er war am Allerheiligentag geschrieben.

»Liebe Gudrun.
Eben ist Sonnabend. Wir sind im Rosinkawiese und es ist hier viel traurig. Meine Großmutter hatte diesen Dienstag das Begräbnis. Sie war 88 Jahre alt. Sie ist am 21.10. gestorben. Das war so selbstverständlich für mich, daß ich komme und sie wird in der Hütte sein...

Wie geht es Ihrer Mutter?
Wir werden uns jetzt Rosinkawiese wie Sommerhaus bestreben instandhalten, aber ich weiß nicht, wie wir bewältigen zeitgemäß und finanziell...«

Auch im Sommer 1987 fuhren wir nicht hin. Martin wollte sein Spanisch aufbessern. Ich brachte ihn nach Salamanca, wo er fünf Wochen bei einer spanischen Familie blieb. Von dort schickte er eine Karte an Robert. Das hatte er auch schon ein Jahr zuvor getan, aus Kolumbien. Ich hatte kein gutes Gefühl dabei. Denn aus der Tschechoslowakei konnte man nicht reisen, wohin man wollte. Und doch freute ich mich darüber, daß die beiden Jungen Kontakt hielten.

Ich selbst blieb den ganzen Sommer lang bei meiner Mutter, die inzwischen fünfundachtzig Jahre alt war. Ich weiß nicht, ob wir auf die Rosinkawiese gefahren wären, wenn meinen Sohn kein anderes Reiseziel gelockt, mich keine Verpflichtung gebunden hätte. In jenen Jahren »zog« uns die Rosinkawiese nicht stark genug. Im nachhinein möchte ich mein bisheriges Verhältnis zur Rosinkawiese vorsichtig so formulieren: Die Sehnsucht nach ihr überkam – und überkommt – mich in Schüben.

Diese Sehnsucht war anfangs sicher motiviert durch den Zusammenhang mit meiner Kindheit: Eine Reise auf die Rosinkawiese war eine Art Heimkehr. Aber mit jedem Besuch nahm der Bezug zur Kindheit ab, traten neue, aktuelle Bezüge zur Rosinkawiese und zu Mladkov, ja zur ganzen Tschechoslowakei in den Vordergrund, wuchsen proportional zu den immer intensiveren Bindungen, die zwischen uns und den jetzigen Besitzern der Rosinkawiese entstanden waren.

Und siehe da: Im Winter 1987/88 begann sie uns wieder zu locken, ohne konkreten Grund. Martin behauptete: »Ich kann mich kaum mehr an sie erinnern. Ich kann nicht auseinanderhalten, was du mir von ihr erzählt hast und was ich wirklich gesehen habe ...«

Wir beschlossen, die Pfingstferien für eine Stippvisite auf der Rosinkawiese zu reservieren. Denn im Sommer hatte Martin schon eine Reise nach Kanada geplant.

Im März kam ein Brief von Alois: Robert sei jetzt alt genug, allein zu reisen. Ihm, Alois, läge viel daran, daß der Junge seine Deutschkenntnisse verbessere. In Prag bekomme er wohl nach wie vor Privatunterricht, aber ihm fehle der praktische Umgang mit der deutschen Sprache. Ob er im Frühsommer kommen dürfe? Von der Schule werde er eine Woche dafür beurlaubt. Mit den Wochenenden mache das etwa zehn Tage.

Er solle nur kommen, schrieb ich zurück, wir würden uns freuen, ihn bei uns zu haben. Aber im Frühsommer seien wir beide, Martin und ich, vormittags in der Schule. Robert werde sich, nur mit der Großmutter allein im Haus, sicher langweilen. Ich wolle eine Familie suchen, bei der er sich während der Vormittage aufhalten und dort seine Deutschkenntnisse erweitern könne. Im übrigen hätten Martin und ich vor, über die Pfingsttage, wenn es Alois und Jiřina genehm sei, auf die Rosinkawiese zu kommen. Dann könnten wir Robert auf der Rückreise im Wagen mitnehmen.

Postwendend kam der Antwortbrief, wieder von Alois: Er bedanke sich herzlich, auch in Roberts Namen, für unser Entgegenkommen. Robert, der schon die Tage zähle, freue sich mit Jiřina und Michal auf unseren Pfingstbesuch und halte unseren Vorschlag, mit uns im Wagen westwärts zu reisen, für großartig. Aber er, Alois, müsse im Zusammenhang mit der Reise noch auf ein Problem zu sprechen kommen, das ihm peinlich sei: Robert bekomme nur die behördliche Reisegenehmigung, wenn der Einladende aus dem Westen pro Aufenthaltstag des Besuchers dreißig Deutsche Mark im voraus an die Tschechische Staatsbank überweise.

Ich überwies Ende März dreihundert Mark an die Bankadresse, die mir Alois mitgeschickt hatte, sandte eine Fotokopie der Überweisung an Alois und schrieb ihm, daß ihm nichts peinlich zu sein brauche. Die Verhältnisse seien eben so. Alois bedankte sich herzlich, und alles schien geregelt. Und um die Osterzeit stellte ich die Anträge für unsere Tschechoslowakei-Visa.

Aber fast wäre Roberts Besuch doch noch ins Wasser gefallen, denn am 22. April verletzte ich mir bei einem dummen Haushaltsunfall einen Wirbel. In der Unfallstation behielten sie mich gleich da, und die zuständige Ärztin eröffnete mir, daß ich mit mindestens sechs Wochen Krankenhausaufenthalt rechnen müsse.

Damit waren unsere Pfingstreise und Roberts Besuch unmöglich geworden. Dies den Pragern mitzuteilen, tat weh. Das Aufenthaltsvisum, das Robert bereits erhalten hatte, galt nur für drei Monate ab Ausstellungsdatum. Und ihn kommen zu lassen, ohne daß ich zu Hause war, konnte ich Martin nicht zumuten. Der hatte schon Mühe genug mit der Pflege seiner Großmutter und den vielen Telefonaten, die meine schriftstellerischen Tätigkeiten betrafen. Außerdem hatte er ja noch für die Schule zu arbeiten.

Jiřina schrieb zurück: Sie bedaure mein Mißgeschick sehr, und es sei schade, daß wir nun nicht auf die Rosinkawiese kommen könnten. Wegen Roberts Reise solle ich mir keine Sorgen machen, er könne sie ja im kommenden Jahr nachholen. Die ganze Familie wünsche mir gute Besserung und eine baldige Heimkehr.

Nach einer Woche erwies sich, daß meine Verletzung doch nicht so ernst war, wie anfangs angenommen. Zehn Tage mußte ich zwar noch liegen, aber danach durfte ich wieder das Gehen üben.

An unsere Pfingstreise war trotz allem nicht zu denken. Aber Roberts Besuch ließ sich retten. Ich ließ Martin ein Telegramm nach Prag absenden, in dem ich die Nummer meines Telefons im Krankenzimmer angab. Am nächsten Tag erreichte mich Alois' Anruf. Ich konnte ihm meine bevorstehende Entlassung aus dem Krankenhaus mitteilen und bat ihn, Robert möglichst bald zu schicken.

Robert reist schon allein

Und so kam Robert ein paar Tage nach meiner Heimkehr an, sogar früher als ursprünglich geplant. Da ich noch nicht Auto fahren durfte und Martin in der Schule war, bat ich »Onkel« Sepp, einen guten Freund unserer Familie, ihn vom Fuldaer Bahnhof abzuholen. Ich beschrieb ihm Robert, nannte ihm sein Alter, ließ ihn die Ankunftszeit des Zuges notieren. Es konnte nichts schiefgehen.

Aber als ich schon, froh gestimmt, jeden Augenblick die Ankunft von Onkel Sepps Wagen, das gewohnte Signal seiner Hupe erwartete, kam Sepps ratloser Anruf vom Fuldaer Bahnhof: Robert sei nicht angekommen. Ob er nicht durch einen wundersamen Umstand schon bei mir eingetroffen sei? Er, Sepp, habe schon den ganzen Bahnsteig, die Halle und den Bahnhofsvorplatz abgesucht, habe alle etwa vierzehnjährigen Jungen gefragt: »Bist du Robert?«

Ich vermutete Zugverspätung. Nein, sagte Sepp, der Zug sei ja längst angekommen. Jetzt wolle er an den Informationsschalter gehen. Vielleicht sei dort eine Nachricht eingetroffen.

Ich war bestürzt. Was war geschehen? Wäre Roberts Abreise aus irgendeinem Grund verhindert worden, hätte mich Alois telegraphisch oder telefonisch sofort verständigt. Was sollte ich ihm sagen, wenn er im Lauf des Nachmittags anrufen würde und mit seinem Sohn sprechen wollte?

Aber eine halbe Stunde später klingelte es, und Sepp stand mit Robert vor der Tür. Sepp hatte irrtümlicherweise angenommen, Robert komme über Nürnberg–Würzburg. Ein Zug aus dieser Richtung war zufällig fast zur selben Zeit wie der Zug aus Dresden–Bebra angekommen, allerdings auf einem anderen Bahnsteig. Diesen Sachverhalt durchschaute Sepp erst, nachdem er sich bei der Information erkundigt hatte. Er rannte hinaus auf den anderen Bahnsteig, und siehe, da stand Robert seit zwanzig Minuten mit seinem Rucksack einsam und verloren und verstand die Welt nicht mehr.

Jiřina hatte ihn bis nach Dresden begleitet, wo er den Bahnhof hatte wechseln müssen, und hatte ihn dort in den Zug mit dem Zielbahnhof Frankfurt am Main gesetzt. Und nun war er glücklich, daß er bei uns war. Seit dem letzten Besuch war er zwar gewachsen, aber für sein Alter war er klein. Er unterhielt sich mit uns recht wendig: Im Deutschen war er vorangekommen. Hatte er das der Tatsache zu verdanken, daß es ihm nicht an Motivationen mangelte?

Als Martin heimkam, wich er ihm nicht mehr von der Seite – aber erst, nachdem er mir das vorgeschossene Reisegeld zurückgegeben hatte.

Am nächsten Tag, dem Pfingstsamstag, hatte Robert Geburtstag. Er bekam einen Kuchen und allerlei Geschenke von Martin und mir und meiner Schwester, die auf Besuch kam, und auch die Großmutter gratulierte ihm. Wir bemühten uns, ihm diesen Tag so schön wie möglich zu machen, um kein Heimweh aufkommen zu lassen.

Aber Robert dachte gar nicht daran, an Heimweh zu leiden. Den Anruf seines Vaters und dessen Gratulation nahm er gelassen an, fast als belanglosen Schnörkel des Tagesgeschehens. Er freute sich schon auf die Fahrt zu Onkel Sepp und Tante Lilli, wo Martin die beiden Pfingsttage mit ihm zusammen verbringen wollte. Sepp und Lilli betreiben in einem winzigen, idyllischen Dorf im »Hessischen Kegelspiel«, neun ehemaligen Vulkanen in den Ausläufern der Nordrhön, eine kleine Pension – etwa vierzig Kilometer von Schlitz entfernt, dicht an der Grenze zur DDR. Meine Schwester wollte Robert hinfahren und auch die Großmutter mitnehmen. Martin hatte vor, die Strecke auf seinem Fahrrad zurückzulegen, denn es war ein strahlender Maitag.

Aber dieses Frühjahr war voller Tücken und brachte immer wieder unsere Pläne durcheinander. Martin fuhr eine Stunde vor den anderen ab. Auf dem steilen Sträßchen, das unseren Hang hinunterführt, verlor er die Herrschaft über das Fahrrad, stürzte, überschlug sich, rutschte noch ein paar Meter auf dem Asphalt weiter und kam nach ein paar Minuten mit blutüberströmtem Gesicht und Hemd wieder daheim an. Außer einer Reihe von Schürfwunden hatte er eine tiefe Fleischwunde neben dem Kinn davongetragen.

Jetzt, am Pfingstsamstag, war der Chirurg im Schlitzer Hospital nicht zu erreichen. Meine Schwester fuhr uns zur Unfallstation in Fulda. Robert wollte mit. Er war ganz verstört und litt mehr als Martin. Während Arzt und Helfer damit beschäftigt waren, Martins Loch am Kinn kunstvoll zu nähen, brachte meine Schwester Robert, der traurig war, nun nicht mit Martin zusammensein zu können, zu Sepp und Lilli, die es verstanden, ihn aufzumuntern und den Rest seines Geburtstages noch so schön wie möglich zu gestalten. Bei ihnen gab es eine Menge Attraktionen, die wir in Schlitz nicht zu bieten hatten: Auf dem ehemaligen Kleinbauernhof hielt Onkel Sepp ein paar Schweine und Schafe, und Robert durfte beim Füttern helfen. Er lernte, auf einem Traktor zu fahren, begleitete Onkel Sepp in den Wald, sägte Holz mit ihm, werkelte zusammen mit ihm in der Hobbywerkstatt, ging mit auf den Kegelabend im Dorfgasthof, spielte mit den Kindern der Pensionsgäste, fuhr zum Einkauf mit in die Stadt Bad Hersfeld und genoß Tante Lillis gute Küche. Vor allem Frieder, Sepps und Lillis kleiner Enkel, hängte sich an ihn, den großen, immer freundlichen und geduldigen Jungen, um mit ihm zu spielen. Robert schloß die ganze Familie ins Herz. Aber fast jeden Abend rief er auch bei uns in Schlitz an: »Wie geht es deiner Rücken, Tante Gudrun? Wie geht es Kinn von Martin?«

Fünf Tage nach Martins Sturz setzte ich mich wieder selber ans Steuer. Ich holte Robert – sehr zum Bedauern von Lilli und Sepp, die ihn nicht genug loben konnten – am Freitagnachmittag ab. Ein Prachtjunge! Wo finde man noch einen Vierzehnjährigen, der so höflich, so hilfsbereit, so anspruchslos sei wie er?

»Wann kommt ihr wieder mal zu uns?« fragte uns Robert beim letzten gemeinsamen Abendessen in Schlitz.

»Im nächsten Jahr«, antworteten Martin und ich gleichzeitig.

Eine Hals-über-Kopf-Reise

Sommer 1988. Martin war gerade in Kanada angekommen und versuchte, mir in knappen Telefonaten seine Begeisterung über seine Eindrücke mitzuteilen. »Diese Weite des Landes! Diese noch fast unberührte Natur! Und du kannst dir nicht vorstellen, wie freundlich die Leute hier in den Rocky Mountains sind...« Ich dagegen verbrachte meine Ferientage abwechselnd neben meiner Mutter – die oft stundenlang nicht sprach, und *wenn* sie sprach, nur in Erinnerungen herumirrte – und vor meiner Schreibmaschine. Die Sonne schien, die blauen Tage verrannen, einer schöner, verheißungsvoller als der andere, und ich konnte nicht hinausstürzen, sie genießen, das Beste aus ihnen machen. Mir fiel die Decke auf den Kopf.

Salz auf die Wunde war ein Brief aus der DDR: Elisabeth, eine gute Freundin, und ihr Sohn Andreas, gleichaltrig mit Martin, hatten mein Buch ›Rosinkawiese‹ gelesen und wollten nun, von meiner Geschichte angeregt, Anfang August ins Adlergebirge fahren, um dort, wahrscheinlich auf einem Campingplatz am Stausee von Pastviny, ihren Urlaub zu verbringen. Ich sah den malerischen kleinen Stausee vor mir, wie er in der Sonne glitzerte, sah mich von dort hinüberfahren zur Rosinkawiese, nicht weiter entfernt als eine Sonntagnachmittagswanderung...

Ein Wunder geschah: Ohne daß ich ihr von meinen Sehnsüchten erzählt hatte, bot sich meine Schwester an, für ein paar Tage die Pflege meiner Mutter zu übernehmen. Ja, sie könne es einrichten, Anfang August zu kommen.

In aller Eile schrieb ich an Elisabeth, kündigte mein Kommen an, erbot mich, Mutter und Sohn das Adlergebirge ein wenig zu zeigen. Gleichzeitig schickte ich einen Brief nach Prag: daß ich gern ein paar Tage auf die Rosinkawiese kommen würde. Ob ich dürfe? Niemand brauche für mich zu kochen, und ich könne auch auf dem Heuboden im Schlafsack schlafen, wenn die Zimmer belegt seien.

Es dauerte nur ein paar Tage, bis Antwort eintraf. Elisabeth fand meine Idee wunderbar und freute sich auf gemeinsame, zeitlich ausgiebige Unternehmungen, weil wir uns ja sonst immer nur für ein paar armselige Stunden im Thüringer Wald treffen konnten. So waren damals – wie fern sich das anhört, wenig mehr als ein Jahr später, da ich dieses Buch schreibe! – noch die Visabestimmungen für den kleinen Grenzverkehr. Im Thüringer Wald hatten wir uns auch vor ein paar Jahren in einem Waldrestaurant bei Ruhla kennengelernt, wir vier. Elisabeth bedauerte nur, daß Martin nicht mit dabeisein konnte.

Auch Alois antwortete sofort: Er werde mich am Abend des Sonntags, meinem Ankunftstag, auf der Rosinkawiese erwarten. Er habe noch ein paar Urlaubstage gut, und auf der Rosinkawiese sei immer eine Menge Arbeit zu erledigen. Er freue sich auf mein Kommen. Auf meine Anfrage, ob er, Jiřina oder die Kinder irgend etwas mitgebracht haben möchten, antwortete er nicht.

In der Morgendämmerung des 31. Juli fuhr ich los, ließ ein leeres Haus zurück. Meine Schwester hatte meine Mutter schon am Tag zuvor abgeholt. Ich war frei. Schon um zehn Uhr hatte ich die Grenze hinter mir und entschied mich wieder für die alte, mir so vertraute Route über Slaný, Mělnik, Mladá Boleslav. Noch immer prangten die roten Sterne über Fabrikanlagen und Kasernen, aber insgesamt schien mir die optische Präsenz des Staates und damit *der,* also der kommunistischen Partei, etwas zurückgenommen worden zu sein. Auf früheren Fahrten hatten sich Transparente und Fahnen aufdringlicher ins Straßenbild gemischt. Und mehr denn je zuvor fiel mir auf, wie die Grenze helle von düsteren Häuserwänden schied.

Von Mělnik bis Náchod nahm ich zwei Studentinnen mit, die am Wegrand gewinkt hatten. Unterwegs lud ich sie zum Essen ein, Tanja und Daniela, lustige Mädchen, mit denen ich mich auf Englisch unterhielt. Als ich wieder allein weiterfuhr, geriet ich auf den laubenumgebenen Marktplatz von Nové Město. Ich war entzückt. Was hatte ich da für eine wunderschöne Stadt auf den nordwestlichen Hängen des Adlergebirges entdeckt!

Über das Städtchen Rokytnice, früher Rokitnitz, das als einziger Ort im Adlergebirge vor dem »Anschluß« des Sudetenlandes eine größere jüdische Gemeinde, wohl auch eine armselige Synagoge besessen hatte, fuhr ich auf Mladkov zu. Rokitnitz hatte auf mich schon immer eine besondere Faszination ausgeübt – nicht nur deshalb, weil Onkel Willis Frau, die Frau Bürgerschuldirektor – Arzttochter, wie sie zu betonen pflegte –, aus diesem Ort gestammt hatte.

Hinunter über die Serpentinen von Petrovičky, dem früheren Deutsch-Petersdorf, hinein nach Mladkov, am anderen Ende des Ortes wieder hinaus zur Rosinkawiese. Der Damm war repariert, ich konnte ihn gefahrlos passieren. Schon von weitem erkannte ich bestürzt, daß der Kastanienbaum verschwunden war. Ich erinnerte mich, daß Alois schon bei seinem Besuch in Schlitz von der traurigen Notwendigkeit gesprochen hatte, die Kastanie zu fällen. Sie nehme den westlichen Fenstern alles Licht, und die Dachrinne sei ewig verstopft.

Alois kam mir entgegen, freute sich, daß ich wohlbehalten angekommen war. Er richtete mir ein Abendessen, und wir unterhielten uns noch bis tief in die Nacht. Auf dem Plumpsklo, in dem sich noch das Holzfach befand, das mein Vater dort hineingebastelt und stets mit Torfmull – »zum Drüberstreuen« – gefüllt hatte, war jetzt Zeitungspapier in handlicher Größe gestapelt. Alois entschuldigte sich: Zur Zeit herrsche ein Engpaß in der Toilettenpapierversorgung. Im ganzen Land gebe es kein Toilettenpapier zu kaufen. Wer nicht gehortet habe, müsse jetzt auf diese alte Methode zurückgreifen. Ich nahm's von der heiteren Seite. Hatten wir nicht als Kinder auch immer die alten Zeitungen zu Klopapier zerschneiden müssen? Damals hätten wir uns gar keine Toilettenpapierrollen leisten können, auch wenn sie in den drei Kaufläden des Dorfes schon angeboten worden wären.

Natürlich gab es auf dem Plumpsklo auch kein Waschbecken. Ich mußte in den ersten Stock hinaufgehen und dort die Hände waschen. Das kostete ein bißchen mehr Zeit, sonst nichts. Ja, Zeit muß man auf der Rosinkawiese haben.

Ich schlief diesmal im ehemaligen Kinderzimmer.

Am nächsten Morgen mußte ich, wie immer, in die Bezirksstadt Ústí, ehemals Wildenschwert, um mir den nötigen Stempel auf mein Visum geben zu lassen. Vierzig Kilometer Fahrt für die Bürokratie. Auf dem Rückweg schaute ich bei Hilde vorbei. Aber sie war ja in der Fabrik.

Ich fuhr nach Mladkov, ließ den Wagen bei der Kirche stehen, schlenderte zu Großvaters Haus. Eine junge Frau hantierte im Garten. Ich hatte sie noch nie gesehen. Hatte das Haus neue Besitzer?

Als ich auf die Rosinkawiese heimkehrte, fiel mir die Linde auf, der Baum, den mein Vater zur Geburt meiner Schwester Sieglinde gepflanzt hatte. Sie war langsamer als die Kastanie gewachsen und hatte immer in deren Schatten gestanden. Jetzt wölbte sie ihre Krone aus der nördlichen Pappel- und Fichtenreihe heraus und schickte sich an, den westlichen Vorplatz des Hauses so zu dominieren, wie die Kastanie es vor ihr getan hatte.

Ich half beim Heuwenden, grub ein Beet um. Daheim waren solche Arbeiten lästige Pflicht, hier machten sie Spaß. Verschwitzt und verstaubt, wollte ich im Teich baden. Aber das war kein Vergnügen: Bis zu den Knien watete ich in Moder und Schlamm, in verrottenden Zweigen, verfaulendem Laub. Brackiges Wasser lief an mir herab, als ich wieder den Damm erklomm. Oben im Haus mußte ich mich waschen.

Am Spätnachmittag fuhr ich hinüber auf den Campingplatz am Stausee und fragte an der Rezeption nach Elisabeth und Andreas. Die dicke, freundliche Tschechin in der Kittelschürze wußte gleich Bescheid, setzte sich in meinen Wagen, dirigierte mich über den Platz, deutete auf das unscheinbare Zelt, blieb stehen und freute sich an unserem Wiedersehen. Als ich rief: »Andreas – wie groß du geworden bist!«, nickte sie heftig, und als ich wieder abfuhr, ließ sie sich zur Rezeption zurückbringen.

Dann fuhr ich noch einmal zu Hilde. Sie nahm mich mit in ihren Garten, erntete Beeren, ließ mich miternten, jätete, ließ mich mitjäten. Es war, als hätten wir uns das letzte Mal vor ein paar Tagen gesehen. Dann plauderten wir noch lange in ihrer kleinen Küche, bei Brot und Tee. Und als ich, schon bei völliger Dunkelheit, auf die Rosinkawiese heimkam, gerieten Alois und ich wieder in Gespräche, für die uns die Nacht nicht zu schade war. Und ich bedauerte, daß wir uns nicht in einer Sprache unterhalten konnten, die wir beide souverän beherrschten. In einer Sprache, die uns in den Stand versetzte, jede Nuance, jeden Schatten eines Gedankens deutlich werden zu lassen. In der Muttersprache.

Bevor ich schlafen ging, übergab er mir noch, wie beiläufig, einen kleinen Stapel zerfledderter, vergilbter Schreibhefte und loser Blätter: Er habe sie einmal irgendwo auf dem Dachboden der Rosinkawiese gefunden, habe sie schon immer wegwerfen wollen, da die Tinte verblaßt, das Geschriebene kaum mehr leserlich sei. Wahrscheinlich handle es sich um ganz und gar Unwichtiges. Aber er wolle es mir überlassen, sie wegzuwerfen oder aufzuheben.

Ich dankte, warf einen Blick darauf, sah sofort: Lenes Schrift. Also noch etwas aus der Reisetruhe. Das hatte Zeit.

Bis auf den heutigen Tag weiß ich nicht, warum Alois den Schlitzern nicht auch diese Heftfragmente mitgegeben hatte, als er ihnen sechs Jahre zuvor in Prag Lenes

Tagebücher ausgehändigt hatte. Oder warum er sie nicht mitbrachte, als er uns 1985 in Schlitz besuchte. Wollte er damals noch nicht alle »Trümpfe« aus der Hand geben? Oder maß er diesen vergilbten Fragmenten, auf denen Wasser die Schrift verwischt hatte, keine Bedeutung zu? Hatte er vielleicht gefürchtet, daß ich wieder, wie bei der Übergabe von Vaters Paß, in Tränen ausbreche? Allerdings war ihm sicher nicht verborgen geblieben, daß meine Spannung, unter der ich während meines ersten Aufenthalts auf der Rosinkawiese im Jahr 1981 gestanden hatte, längst einer lockereren Einstellung gegenüber Begegnungen mit Spuren meiner Kindheit gewichen war. Wie dem auch war – ich fragte ihn nie, warum er mir diese Tagebücher erst so spät übergab.

Jiřina erzählte mir einmal, sie habe als Kind mit diesen Heften gespielt. Sie seien in einer Schachtel auf dem Dachboden aufbewahrt worden, und es sei etwas Geheimnisvolles von ihnen ausgegangen, weil man nicht lesen konnte, was in ihnen stand. Und wenn sie mit ihren Buntstiften als Kind darin herummalte, habe sie ein leises Unrechtsgefühl empfunden. Denn sie sei in etwas eingedrungen, was nicht für sie bestimmt gewesen war.

Ich legte den Stapel auf dem Nachttisch ab. Lene war inzwischen gestorben.

Begegnung mit meinem Vater

Am nächsten Morgen weckte mich Vogelgezwitscher. Ich sprang auf, beugte mich aus dem Fenster, schnupperte Heuduft. Über dem Teich lag Frühnebel: ein gutes Zeichen, das ich noch aus meiner Kindheit kannte. Es würde ein sonniger Tag werden.

Sechs Uhr – noch zu früh, um aufzustehen. Ich langte mir den Papierstapel vom Nachttisch. Ein zerfleddertes Reisetagebuch von Lene mit großer, steifer Jungmädchenschrift, und dann – ich stutzte: Diese ganz andere Handschrift, kleiner, verspielter: die stammte von meinem Vater! Von meinem noch sehr jungen Vater.

Ich blätterte mit Herzklopfen. Fragmente von Schulheften, angefüllt mit wie fiebrig hingeworfenen Tagebuchnotizen, einzelne, aneinanderklebende Blätter, von Mäusen angenagt, alles schon irgendwann durchnäßt, wieder getrocknet, gewellt, zerknittert...

Bald übersah ich, was sich da auf meinem Bett ausbreitete: ungeordnete, vom Zufall ausgewählte Fragmente seiner Tagebuchnotizen aus seiner Breslauer Studentenzeit, durchsetzt von stenographischen Kürzeln, die ich nicht lesen konnte. Ich ordnete nach dem Datum, hatte schließlich eine, wenn auch lückenhafte Beschreibung seines Studentenlebens vom 12. Januar 1920 bis zum Karfreitag 1921 beieinander. Die Bettdecke war übersät von Papierfetzen und Papiermehl. Ich blies. Staub wirbelte auf. Dann begann ich zu lesen.

»... Am letzten Tage im alten Jahre fällten wir die Ulme beim Hause. Wie der stolze Baum sich schüttelte, wie er zitterte, wie er vergebens die Arme zum Himmel streckte! Er mußte fallen. Und er fiel, noch im Fallen stark und mächtig. Seine Wucht bohrte die Äste in den Boden und ließ sie trotz ihrer Stärke zerschmettern. In den ersten

Tagen des neuen Jahres zersägten wir ihn noch für Brettlänge zweimal, eine lange Arbeit!«

Vor der Abreise nach Breslau, wo er, nach ein paar Semestern an der Wiener Universität, sein Studium der Agronomie weiterführen und abschließen wollte:

»... Ich hatte noch viel einzupacken. Dann ging ich nochmals zu Rudi, nahm Abschied von Klein-Helmut und mußte einen Punsch mit ihnen trinken. Dann schnell zu Emmi und rodeln. Es ging oben ganz schön; wir fuhren einmal von oben bei der letzten Wegkreuzung; am Weg hinauf ging ich allein mit Emmi, und wir sprachen so schön, sprachen von der Zeit, vom Genießen, von Naturschönheit, und Emmi selbst sagte, sie könne nicht begreifen, wie andere ohne Genuß so dahingehen und Kleinliches bequatschen. statt vor dem Großen bewundernd zu schweigen. Und ich sagte ihr, ich wäre noch nie recht glücklich gewesen...«

In Breslau angekommen:

»... Am Morgen ging ich zum Polizeikommissariat und zur Brotkartenausgabe, dann zum Bahnhof; dort sah ich das Freikorps Von Paulssen vorbeiziehen;... sie spielten ›Drei Lilien, drei Lilien‹;... dann zu Pferd die Kommandanten, dann die Fußsoldaten, dann Reiter und Maschinengewehrabteilung, Train und Küche. Wie das klappte! Hätte weinen mögen vor Stolz und Kraft!«

Vor Stolz und Kraft. Ich mußte schlucken, als ich diese Formulierung las. Ja, auch mich hatte in meiner Kindheit ein Rausch des Stolzes und der Kraft übermannt, wenn ich – in der Realität oder in den Wochenschauen – Paraden sah. Heutzutage dagegen empfinde ich Paraden als lächerlich. Was für ein weiter Weg liegt zwischen damals und jetzt, wie unendlich entfernt liegen diese beiden

Sichtweisen voneinander! Und hätte sich mein Vater, wenn er den Krieg heil überstanden hätte, jemals so weit gewandelt, daß er imstande gewesen wäre, eine Parade, also die Zurschaustellung militärischer Macht und Hierarchie, als lächerlich zu empfinden?

»... Wie hier alles so freundlich ist! Die Leute sind so gut zu einem, als wären es alte Bekannte! Polizei! Professoren, Privatleute! Alles. Das ist die berüchtigte Schroffheit? Na, Ihr Wiener, versteckt Euch nur! Gut gefällt es mir hier, und ich will nur sehen, ob ich nicht obenauf komme! Es muß gehen!«

»Heute habe ich mit Herta eine Sonntagsfahrt ausgemacht. Gab ihr auch meine Gedichte und die alten Sammlungen, sie mir ›Tristan und Isolde‹ und ›Parzival‹, die ich schon begonnen. Da soll ich auch noch lernen dabei? Jedenfalls tu ich das besser als in Wien. Wenn ich dann erst mal im klaren bin und mich beruhigt habe, geht's ausgezeichnet. Das hoffe ich bald erreicht zu haben, denn ich strebe es mit aller Macht an. Heut hab ich auch wieder zwei Gedichtlein aufgeschrieben, die ich gestern im Schlafe gefunden und morgen beenden will. Sie sagen von Liebe. Es fällt ja jetzt alles Düstere ab von mir. Ich will nur Leben, Freude und Frühling sehen, und meine ganze Sehnsucht heißt Lenz und Mai!...«

Aber schon auf der nächsten Seite:

»... Ein trüber Schleier über meiner Freude, ein düsteres, schwarzes Kleid hüllte den Himmelsglanz von gestern ein und steigerte sich beim Essen und daheim bis zur Unerträglichkeit...«

Himmelhoch jauchzend, zu Tode betrübt. Ein junger, empfindsamer Mann, der von Stimmungen gebeutelt wird; der sich in einen verschrobenen, altertümlichen, von Klischees und schiefen Metaphern strotzenden

Schreibstil verirrt; der sich dauernd viel zu hohe Ziele steckt, Ziele, deren Unerreichbarkeit ihn deprimiert; der es nicht aushält, lange allein in seiner Studentenbude zu sitzen und zu lernen, sondern rastlos unterwegs ist, Veranstaltungen, Museen, alte Bekannte aufsucht, Mädchen umkreist – und unermüdlich Briefe, Tagebuch oder Gedichte schreibt. Gedichte, die in ihrer Unbedarftheit, ihrem Dilettantismus rührend komisch wirken.

»... Bitter, furchtbar bitter schmeckt manchmal das Leben. Dabei kann man noch mit dem seligsten Galgenhumor lächeln, spotten und das Gesicht verziehen, sich selbst zum Hohne und beißendem Schmerz. Du grausames Geschick! Was willst du nochmals auf mich laden? Kriegst wohl nie genug? Aber mache du nur ruhig weiter. Ich will dir schon meine Kraft zeigen, und es schadet gar nichts, läßt du mich erst einmal tüchtig umkollern im Siebe. durchfallen tu ich ja doch nicht zu dem Staub, der auf den Mist kommt!...Als hätte ich den Dummkoller, so kegelt es heute in meinem Schädel rum. Ist's auch ein Wunder? Freitag abends war ich das erstemal Turnen, nach so langer Zeit wieder einmal. Es strengte mich furchtbar an, aber es wird sich schon noch was machen lassen aus mir, wenn auch kein Vorturner...«

Ein junger Mann, der sich – abwechselnd – entweder überschätzt oder sich als minderwertig verachtet. Statt sich locker so zu nehmen, wie er ist: ein noch etwas ungeschickt ins Leben hineinstolpernder, aber liebenswerter und grundanständiger großer Junge.

Aber was ist *das*? Ich traue meinen Augen kaum. Schon damals, im Jahr 1920?

»... Nachher war Studentenversammlung in der Aula Leopoldina. Na, wie das halt immer so ist. Gequatsch bis zur Stumpfsinnigkeit. Jedenfalls war auch viel Humor dabei, hervorgerufen durch die Kampfeswut der Redner:

hie Arier, hie Jude. Daß man die Leute auch so frech werden läßt. Hat man nicht den Mut, sie rauszuschmeißen? Und doch sind die Leute schon zu sehr eingewachsen, also wohl nur langsamer Abbau möglich... Mit großem Jubel wurde ein Glückwunsch an Kaiser Wilhelm beschlossen...«

Und ein paar Seiten weiter schon das verquaste germanische Elite- und Sendungsbewußtsein, das sich der Nibelungensage bedient:

»... bald bin ich bereit, ich fühle ihn, den Strom der zwölf Männerstärken; dem trotzt dann nichts und niemand; die Tarnkappe ist auch da, den Drachen will ich mir bald suchen, und ich ruhe nicht, bis ich mich in seinem Blute gebadet! Baldur ringt mit dem Frostriesen, bald hat er gesiegt. Langsam kommt der Frühling. Hat dann der Sommer die Saat gereift, wartet die Ernte. Wahre dich, daß du das Ziel erreichst: Siegfried!«

Oder ist dieses pubertäre Gehabe, das auf künftige Kraftpotentiale hinweist, nicht vielleicht nur ein – sicher unbewußtes – Manöver, um die eigene Sensibilität, die eigene Schwäche zu vertuschen? Dieser junge Mann, der mein Vater werden sollte, erträumte sich immer harte Männlichkeit, seelische Unverwundbarkeit und einen eisernen Willen. Aber waren es nicht gerade *diese* Charaktereigenschaften, die der Nationalsozialismus von seinen Gefolgsleuten forderte und der »Hitlerjugend« anerzog?

Eine Kommilitonin borgte ihm das Buch ›Gottfried Kämpfer‹ von Hermann Andreas Krüger. Es muß eine Art Erziehungsroman gewesen sein. Er beeindruckte ihn tief, wühlte ihn auf. Im Tagebuch schreibt er, die Buchbesitzerin anredend:

»Lachst du über den Jungen, der Mann werden will, ja fast schon zu sein glaubt, wenn er dir gesteht, er hat geweint?... Ein solcher Lebensroman war stets das Werk,

das ich mir als Lebensaufgabe vornahm. Es ist nicht genug; ich muß unbedingt beweisen, daß es auch möglich ist, so zu leben, wie er lehrt. Mit gutem Beispiel vorangehen! – Heute werde ich träumen von der Zukunft, von meinem Kampfe und Siege! Morgen gehe ich auf Fahrt. Den Kampf will ich suchen, wo ich ihn finde. Die Zeit will ich schon gefügig machen, daß sie nicht mehr durchgeht mit mir. Gezaudert, geschwankt habe ich lange genug, hauen und zwicken ließ ich mich wahrlich übergenug! Was ich draus lernte, wird wohl nicht vergebens sein. Nur Mut! Das Schwert heraus und vorwärts! Hurra!«

Obwohl er dieses *Hurra* nachträglich durchstrich, blieb das für mich unerträgliche Pathos dieser Sätze erhalten. Aber damals, in den ersten Jahrzehnten unseres Jahrhunderts, pflegte man sich, wenn es um Themen wie *Vaterland, Germanentum, Sittliche Werte* oder *Lebensziele* ging, recht oft so geschwollen auszudrücken. Später wurden die nationalsozialistischen Schreiber und Redner Meister in der Pflege dieses Pathos. Aber was muß das für eine Zeit sein, in der man so ein Pathos nötig hat!

Gleich am nächsten Tag folgte dann diese Eintragung:

»... Ein ganz kleiner Erfolg blieb nicht aus; lernen tat ich: Schlage doppelt zurück, wenn du angetupft wirst. Immer zu gut bin ich noch. Das ist wohl ein ganz dummer Fehler! Selbsterkenntnis ist der nächste Weg zur Besserung: Du ausgewundener Waschlappen! Himmelherrgottdonnerwetter!...«

Auch diese Einstellung – die der meinigen so ganz und gar entgegengesetzt ist – war dem Nationalsozialismus willkommen und wurde von diesem später ausgebaut und untermauert. Mich überkam Trauer, je tiefer ich mich in das Tagebuch hineinlas: Mein Vater, dieser empfindsame, unsichere Mensch, war in eine für sein Wesen verhängnisvolle, also in eine falsche Zeit hineingeboren worden!

Und dann wieder solche Passagen:

»Eben sah ich, wie sich ein Tagpfauenauge vergebens mühte, durch die Fensterscheibe in die Freiheit zu gelangen. Ließ es zuerst unbeachtet, dann trieb's mich hin; ›komm zu mir, fürchte dich nicht, so kriech nur auf den Finger – aber du zitterst ja am ganzen Leib! – Nun suche dir deine Braut!‹ Da flog er gerade, traute der Freiheit nicht, und dann – dann ging's in tollem Wirbel hinaus in die Welt der Blumen...«

Das war der Vater, wie er mir in meiner Kindheit erschienen war: Der sich liebevoll einem aus dem Nest gefallenen, noch nicht flüggen Jungvogel widmen konnte; der sich unter großem Zeitverlust rührend bemühte, beim Mähen keinen Frosch zu verletzen; dem das Wohlbefinden seiner Pflanzen am Herzen lag, ohne dabei den ökonomischen Nutzwert im Auge zu haben; der uns Kinder liebte und sich mit großer Geduld bemühte, uns die Wunder der Natur bewußt zu machen; der niemanden leiden sehen konnte, ohne zu versuchen, ihm zu helfen. – Aber manchmal schimmerte Dämonisches seiner Weltanschauung durch die Zeilen, und ich zuckte unwillkürlich zusammen:

»... Landwirt? Das wollte ich werden, ja, von Mutter Natur nehmen, womit sie mich in ihrer Liebe säugt, und sie dafür lieben und ihr helfen, wo ich kann, durch Liebe; aber wuchern mit ihrer Liebe, herauslocken auf raffinierteste Judenart, was sie mir nach und nach doch gerne gibt – und ihr dafür ›Kunstdünger‹ wie Honig präsentieren? Verfluchte Welt!...«

Oder:

»... F. Maist sandte mir die bestellte Bibel. 36 Mark!... Ich schlug sie auf und las Das Hohelied Salomos, *Seite*

550, 8. Kapitel: O DASS DU MIR GLEICH EINEM BRUDER WÄREST, DER MEINER MUTTER BRÜSTE GESOGEN! FÄNDE ICH DICH DRAUSSEN, SO WOLLTE ICH DICH KÜSSEN, UND NIEMAND DÜRFTE MICH HÖHNEN! ... *Je mehr ich drin lese, desto mehr stößt mich's zurück; die jüdische Sprache, die fremden Lehren, das planmäßig herausgekehrte Aufreizende – ich weiß nicht, wo man da das Erbauende, das Erhebende drin findet; vielleicht waren's nicht die rechten Stellen, die ich las, aber auf alle Fälle war es fremd, nicht deutsch. Es kam mir so nichtig und wertlos vor, daß mich die 36 Mark fast reuten; nun, ich werde es ja doch brauchen und mehr als das davon nehmen. – Trude, wenn du das liest, dann mußt du doch bei unbeeinflußtem Überlegen das Fremde, für einen Deutschen Verletzende, Unwürdige drin finden, und ich glaube, der Weg von dem Glauben weg wird dich nicht schrecken und ängstigen. Die Größe des Neuen Testamentes will und kann ich noch nicht bestreiten, trotzdem auch da die zionistische Grabesschwüle furchtbar drücken muß. Etwas Gutes muß es doch drin haben; wie hätte man sonst die Welt fangen können, die doch im Großteil nach dem Guten strebt...«*

Ein Satz, der das Gewicht des eigenen Urteils verkleinert. Ich meinte, die Stimmen derer zu hören, die seit 1945 nichts dazugelernt haben: »Schließlich hatte das Hitler-Regime auch seine guten Seiten – zum Beispiel den Bau der Autobahnen...«

Und dann, schon fast am Ende der Zeitperiode, die die Tagebuchfragmente abdecken, traf mich ein Satz mit ungeheurer Wucht:

»Kriegsgerüchte brausen durch unser stilles Ostböhmen, leider wird nichts daraus...«

Wahnsinn! Wußte mein Vater nicht, wovon er schrieb? Er selbst, Jahrgang 1899, hatte im Ersten Weltkrieg wegen eines Herzfehlers nicht Soldat werden müssen. Aber alle seine vier Brüder hatten an der Front gekämpft, und er hatte die Angst seiner Eltern um ihr Leben beobachten können. Sein Lieblingsbruder Otto war gefallen – ein Verlust, den er sein Leben lang nicht überwinden konnte. War der Drang, Rache zu üben für die als demütigend empfundene Tatsache, den Ersten Weltkrieg verloren zu haben, größer und mächtiger als die Trauer um die vielen Toten?

Dieser Satz stand im unmittelbaren Zusammenhang mit dem Verhalten meines Vaters am 1. September 1939, dem Tag des Kriegsbeginns: Vor Freude und Begeisterung war er außer sich gewesen, und meine Mutter hatte ihn nur mit Mühe davon abhalten können, die Fahne zu hissen.

Was für ein Mensch.

Sternfahrten

An diesem Morgen stand ich ziemlich spät auf – und tief in Gedanken versunken. Die Lektüre der alten Hefte hatte mich so in Bann geschlagen, daß ich ganz vergessen hatte, Elisabeth und Andreas rechtzeitig abzuholen. In aller Eile machte ich mich auf den Weg nach Pastviny am Stausee. Gemeinsam fuhren wir auf den Dürren Berg, der hinter Těchonín aufragt, bestiegen seinen Aussichtsturm. Um die späte Mittagszeit waren wir in Šumperk, früher Mährisch-Schönberg, der Stadt meiner Gymnasialzeit. Zu dritt schlenderten wir durch die Straßen auf der Suche nach dem Haus, in dem ich drei Jahre lang als Gymnasiastin als Untermieterin bei den Schmidts gewohnt hatte, schräg gegenüber dem Haus des alten jüdischen Ehepaares, das in den Jahren, in denen ich in jener Straße gewohnt hatte, abgeholt worden war. Mein altes Gymnasium war frisch verputzt, lebhafter Verkehr herrschte in der Fußgängerzone. Ich spürte, mich verband nichts mehr mit dieser Stadt.

Auf dem Rückweg nach Mladkov fuhren wir auf den Muttergottesberg, von wo aus ich Elisabeth und Andreas das ganze Panorama des Adlergebirges zeigen konnte. Und an seinem Fuß, kaum sichtbar, einen dunklen Punkt: die Rosinkawiese.

Jetzt ein Eis im Café unter den Lauben des Králíkyer Marktplatzes! Elisabeth fand dieses Städtchen, diesen großen, typisch böhmisch-mährischen »Ringplatz« mit den Laubengängen entzückend – und ich ertappte mich dabei, stolz auf dieses Lob zu sein.

Auf dem Heimweg erzählte ich Elisabeth und Andreas von dem großen Gerstenfeld. Noch immer war die Rosinkawiese von Weideland umgeben, fast die ganze Landschaft rund um Mladkov war zu Weideland, zu Almen geworden. Aber da war etwas Neues, Unerhörtes: Diesem Grasland war jetzt erlaubt, auch Büsche und Bäume hervorzubringen! Überall waren die alten Ackerraine wieder durchgestoßen, hatten sich ihre Rechte zurückerobert, an den Hängen zogen sich wieder Gestrüppstreifen entlang, durchsetzt von jungen Bäumen, lockerten die Landschaft auf, boten den Kuhherden Schatten. Und an der Stelle der beiden abgeholzten Bauernwäldchen wuchsen schon wieder junge Bäume, nicht in Reihen sauber gepflanzt, sondern wild ausgesamt, hochgeschossen, triumphierende Natur.

Und wieder am Abend lange Gespräche am Eßtisch in der Stube, Alois und ich.

Wir sprachen über die verzweifelte Situation der Menschheit, über die Zerstörung des Lebens rund um den ganzen Erdball – diesseits und jenseits der Grenzen, die die östliche von der westlichen Welt und die Industrienationen von der Dritten Welt trennten. Alois war gut informiert. Und wieder begegnete ich seiner tiefen Skepsis. Fünf vor zwölf? Schon längst zwölf vorbei. Nichts mehr zu machen. Man könne sich nur noch auf eine Rosinkawiese zurückziehen, jeder auf *seine* Rosinkawiese, und das Beste aus seinem Leben machen, solange man es noch habe.

Ich teilte seinen Pessimismus, seine Apathie nicht. »Und Ihr Land?« fragte ich. »Wartet es nicht auch sehnlichst auf eine politische Perestroika? Würde es sich nicht lohnen, seine Kräfte für diese Aufgabe einzubringen?«

Er winkte müde ab. »Unsere Hoffnung ist 1968 auf der Strecke geblieben. Die Partei hat das Land fest im Griff. Da rührt sich nichts. Aufmüpfigen gibt man keine Chance. Es bleibt uns nichts als die innere Emigration.«

Das wollte ich nicht glauben.

Am nächsten Morgen, schon sehr früh, fuhr er nach Prag zurück. Es war ein regnerischer Tag, die Rosinkawiese blieb in Nebel gehüllt. Ich fand den Tag zu schade, um ihn lesend oder dösend zu verbringen. Deshalb fuhr ich zum Stausee und kurvte mit Elisabeth und Andreas ins Adlergebirge hinauf.

Auch im Regen war diese Landschaft schön. Von den mächtigen Fichten, den Ahornbäumen am Straßenrand, den Schierlingsblättern an den Wildbächen tropfte der Regen, die Wälder lagen im Nebel, die Bergkuppen waren von Wolken verhangen.

Nur wenige Ruinen, wenige zusammengesunkene Häuser begegneten uns. Längst haben die Prager und Brünner die alten Adlergebirgshäuser erstanden, haben sie zu ihren Wochenendhäusern, ihren Datschen gemacht, haben sie liebevoll und stilgetreu restauriert, sie nicht mit geleckten Rasen, gestutzen Hecken umgeben, sondern zwischen Weidengebüsch und Fingerhutstauden und mitten im bunten Gewucher der Bergwiesen belassen, mitten in der undomestizierten Natur. Hier äsen die Rehe vor den Fenstern, nisten die Igel im Holzstoß, die Eulen auf dem Dachboden.

Ich zeigte den beiden meine Neuentdeckung Nové Město – und meine heimliche Liebe Rokytnice. Dort aßen wir in einer Spelunke zu Abend, zwischen Arbeitern und Soldaten, umhüllt von Bierdunst. Wir fühlten uns wohl.

Schon bei tiefer Dämmerung, nun allein, fuhr ich nach Lichkov, dem früheren Lichtenau, um Jiřina vom Bahnhof abzuholen. Hier im Wartesaal, in dieser trostlosen Bahnhofsarchitektur, hatte ich oft gesessen, mit Schnee an den Schuhen oder regennassen Strümpfen, hatte gewartet auf den Zug, der mich in meine verhaßte Schulstadt bringen sollte. Hier hatte ich auch vom Tod meines Vaters erfahren.

Der Raum roch noch ganz wie damals: nach Tabak und geölten Fußbodenbrettern. Aber in meiner Kinderzeit hatte kein Blumenstrauß auf dem Tisch in der Mitte des Saales gestanden.

Der Zug tauchte auf, kam heran, blieb stehen. Jiřina hatte schon im Fahren die Tür geöffnet, lächelte mir zu. Sie hatte sich kaum verändert, hatte nur tiefere Schatten unter den Augen. Wir fielen uns in die Arme. Ich erzählte ihr von Elisabeth und Andreas.

War Jiřina schon einmal auf dem Altvater gewesen, der jetzt Praděd hieß, dem höchsten Berg des Altvatergebirges, dreißig oder vierzig Kilometer östlich von Mladkov? Nein? Hatte sie Lust, ihn mit uns zu besteigen?

Sie hatte – und wie! »Ich komme ja sonst nie raus«, meinte sie. Und schließlich seien Ferien, und sie brauche in diesen Tagen weder die Kinder noch den Mann zu versorgen. Nur müsse sie früh noch das Heu ausbreiten und abends wieder in Haufen setzen... Ich versprach ihr, dabei zu helfen.

In der Nacht klarte der Himmel auf, der Morgen bot Bilderbuchwetter. Wir fuhren zuerst in Richtung Nordosten, nach Jeseník, früher Freiwaldau, wo ich mein erstes Gymnasialjahr verbracht hatte. Das Heimweh, an dem ich damals gelitten hatte, muß meine Erinnerung verschüttet haben. Ich fand eine fremde Stadt vor, konnte keine Straße, kein Haus des hübschen Städtchens wiedererkennen, fand nicht einmal meine alte Schule, konnte sie auch niemandem beschreiben. Nur den Kreuzberg erkannte ich noch, den Hügel über der Stadt, auf dem ich damals bei Freunden meiner Eltern gewohnt hatte. Was für einen langen Schulweg hatte ich vom Waldrand herunter!

Auf Serpentinen fuhren wir ins Altvatergebirge hinein. Ich war überrascht: Gegen diese mächtigen Berge war das Adlergebirge eine Ansammlung lieblicher Hügel. Ich stellte mir die Altvater-Landschaft in unserer Bundesrepublik vor. Was für ein Touristenmagnet! – Hier aber begegneten wir kaum einem Wanderer, sahen kaum ein Hotel oder eine Gastwirtschaft. Erst als wir den Wagen stehenließen und zu Fuß zum kahlkuppigen Altvater hinaufwanderten, zogen Rudel anderer Wanderer – Tschechen und vor allem DDR-Deutsche, aber auch Polen, nur ab und zu Westdeutsche – an uns vorbei, und das Gebäude mit dem Aussichtsturm, fast eintausendfünfhundert Meter hoch gelegen, sturmumtost, bot sogar die Möglichkeit, einen Kaffee oder eine Limonade zu trinken. Nur zu essen gab es nichts.

Diese Abwesenheit von Kommerz und Profitgier empfand ich als ungemein wohltuend, auch wenn mir der Magen knurrte. Und trotzdem ertappte ich mich immer wieder bei dem Gedanken: »Was ließe sich hier für Geld verdienen mit einem guten Restaurant, wenigstens aber mit einer Wurstbude!« Wie sehr hat das kapitalistische System unser aller Sichtweise beeinflußt, durchwuchert, korrumpiert!

Auf der Rückfahrt, todmüde nach fünfeinhalb Stunden Fußmarsch, wurde uns das Benzin knapp. Es war schon spät, alle Tankstellen waren bereits geschlossen. Jemand sprach von Šumperk, dort sei eine Tankstelle Tag und Nacht geöffnet. Mit dem letzten Tropfen erreichten wir sie.

Wir erlaubten uns, am nächsten Morgen länger zu schlafen als an einem normalen Arbeitstag. Dann breiteten wir das Heu aus. Es war schon fast trocken. Ich fuhr mit Jiřina ins Dorf zum Einkaufen. Sie ging mit mir zu Großvaters Haus, klopfte an die Tür. Nichts rührte sich. Niemand war daheim.

Jiřinas Mittagessen war großartig. Noch erschöpft von seiner Reichlichkeit und dem Genuß, fuhren wir an die Talsperre zu Elisabeth und Andreas, wanderten mit ihnen zum Seeufer hinunter und sonnten uns auf der Wiese. Aber bald verschwand die Sonne, der Nachmittag wurde immer kühler, verlockte nicht zum Baden, eher zu einer Tasse heißen Kaffees. Jiřina lud uns alle zum Kaffee auf die Rosinkawiese ein, ich kaufte Kuchen unterwegs.

Elisabeth, die bisher die Rosinkawiese nur von der Straße her gesehen hatte, war von ihrer Schönheit tief berührt. Und sie hatte ja auch mein Buch gelesen, dachte sich meine Familie, alle Szenen unseres Lebens in Haus und Garten hinein, wurde schweigsam, während sich Andreas, der Siebzehnjährige, unbefangen für die elektrische Pumpe interessierte, die das Wasser aus dem alten Brunnen in die Leitung des Hauses pumpte.

Als ich die beiden zum Stausee zurückfuhr, versuchte Elisabeth, über ihre Ergriffenheit zu sprechen. Jetzt verstehe sie das Buch viel besser, müsse es daheim noch einmal lesen. Und jetzt könne sie sich auch in meine Mutter hineinversetzen: Die Rosinkawiese war ihre und ihres Mannes Schöpfung. Nun müsse sie sich fühlen wie jemand, der sein Kind anderen Eltern abtreten mußte...

Ich zeigte Elisabeth und Andreas noch das Wüste Schloß, einen Felsen nahe dem Dorf im engen Tal der Stillen Adler, der sich über einen schmalen Pfad wölbt und hoch in den Fichtenwald emporragt. Hier führte früher ein Schotterweg vorbei, der Wichstadtl mit dem Nachbarort Lichtenau verband. Jetzt war der Weg von beiden Seiten zugewachsen bis auf diesen Pfad. Vor dem Felsen stand noch die Steinsäule, der »Heiligenstock«, aber in ihrer Nische war keine Marienstatuette mehr. Die Nische war leer. Am Fuß der Säule sprudelte eine Quelle. In meiner Kindheit hatte mir meine Großmutter erzählt, dieses Wasser sei wundertätig, heile kranke Augen. Und der Großvater hatte dabei hinter ihrem Rücken gegrinst und eine abfällige Handbewegung gemacht. Aber er hatte seinen Schülern viele Sagen vom Wüsten Schloß erzählt, und ich kannte sie auch: gruselige Sagen, die Schauder über den Rücken jagen.

Andreas fühlte sich vom Felsen herausgefordert, er kletterte an ihm hoch, ließ sich, oben angelangt, in Siegerpose von seiner Mutter fotografieren. Später bekam auch ich einen Abzug von diesem Foto. Wie klein der hochgeschossene Junge auf dem mächtigen Felsen wirkte! Jederzeit abzuschütteln!

Als ich heimkam, war Alois wieder da. Gemeinsam rechten wir das Heu zusammen, das jemand für seine Kaninchen oder Ziegen abholen wollte. Alois reparierte mir meine Kamera, die den Film nicht mehr transportierte.

Und dann besichtigten wir den Platz, an dem unsere silbernen Löffel vergraben liegen mußten. Ziemlich ernüchtert verließen wir das Gelände, als uns Jiřina zum Abendessen rief. Denn die genaue Lage der sicher längst vermoderten Kiste konnte ich nicht mehr feststellen. Zu viele Merkmale von damals waren verschwunden: die jungen Bäumchen, die Beeteinteilungen, die Steinmarkierungen. Man hätte eine Fläche von mindestens zehn bis fünfzehn Quadratmetern umwühlen müssen!

Der Samstag wurde ein fauler Tag. Ich fuhr Alois nach Králíky, nach Červená Voda zu Eisenwarengeschäften, wo er bestimmte Ersatzteile für die Wasserleitung suchte und zu seinem Ärger nicht fand. Jiřina nötigte mich nach dem Mittagessen auf einen Liegestuhl, aber darin fühlte ich mich nicht wohl, weil die anderen währenddessen im Garten arbeiteten. Und so machte ich mich daran, auf Krystinas altem Holzklotz, an dem ich sie so oft hatte arbeiten sehen, Holz und Reisig zu hacken bis zum Abend. Als es zu dämmern begann, setzten wir uns neben den kleinen Gießteich vor dem Haus, und Alois grillte Würstchen.

Was für ein Frieden!

Sonntag – der letzte Tag für mich auf der Rosinkawiese. Jiřina und ich brachten Alois auf den Bahnhof. Er mußte nach Prag zurückfahren, um die beiden Söhne aus dem Zeltlager abzuholen. Wir aber nahmen uns – ganz spontan – noch einmal eine Bergtour vor.

Diesmal wählten wir den Grulicher Schneeberg aus, der jetzt Králícky Sněžník heißt. Obwohl siebenundsechzig Meter niedriger, ist er als Wanderziel noch reizvoller als der Altvater, denn herrliche Nadelwälder ziehen sich bis fast auf seine Spitze, und von ihm hat man einen wunderbaren Blick in den Glatzer Kessel hinein. In meiner Kindheit hatte ich ihn öfter erstiegen. Über seine Kuppe lief damals die tschechisch-deutsche, läuft jetzt die tschechisch-polnische Grenze. Das Berghotel, der Turm – beide stehen nicht mehr, sind nur noch Trümmerhaufen.

Durch den unter Naturschutz stehenden Wald wander-

Jiřina und die Autorin

ten wir hinauf, die March, einen Nebenfluß der Donau, der auf diesem Hang entspringt, mehrmals überquerend. Die auf dem entgegengesetzten Hang entspringenden Gewässer fließen in die Ostsee, die Stille Adler, die im Adlergebirge ihre Quelle hat und durch Mladkov rauscht, schickt ihr Wasser über die Elbe in die Nordsee. Das alles hatte ich einmal in der Schule gelernt. Jetzt wurde es mir wieder bewußt. War diese vergessene Ecke Europas also doch eine Art Mittelpunkt?

»Meine Herrschaften, wir befinden uns am Nabel der Welt«, sagte Andreas. Wir lachten.

An der aufwendig eingefaßten Quelle der March, Grenzfluß zwischen Böhmen und Mähren, drängten sich Scharen von Wanderern, wagten einen Schritt über die

Grenze, genossen die Aussicht. Auch hier trafen wir viele Deutsche aus Ost und West, hörten polnische, ja auch holländische und englische Laute. Ich freute mich, daß offensichtlich immer mehr Westeuropäer von der Durchlässigkeit der Grenze zwischen den beiden politischen Machtblöcken Gebrauch machten.

Aber ich hatte noch einen anderen, sehr persönlichen Grund zur Freude: Mein Rücken war wieder in Ordnung, ließ sich wieder belasten. Was ich ihm hier und auf dem Altvater zugemutet hatte, war nicht eben wenig gewesen.

Seit meinem letzten Aufenthalt auf der Rosinkawiese war in Králíky ein neues Hotel eröffnet worden, in der ehemaligen Veithschen Buchhandlung, an die ich mich noch gut erinnern kann. Dorthin lud ich meine Wandergefährten nach dem Abstieg zu einem Abschiedsessen ein. Das Hotel war sehr geschmackvoll eingerichtet, das Essen ausgezeichnet. Wir waren ausgelassen und fühlten uns wohl. Jiřina wirkte so heiter, so gelöst. Lag es daran, daß sie an diesem Tag nur für sich selbst da war?

Auf dem Heimweg wurden wir schweigsam. Ich setzte Jiřina dort ab, wo der Weg von der Straße zum Teich abzweigt, brachte Elisabeth und Andreas auf den Campingplatz und kehrte auf die Rosinkawiese zurück, wo ich Jiřina half, das von Alois am Vortag frisch gemähte Heu für die Nacht in Haufen zu setzen.

An diesem letzten Abend badete ich im Teich – trotz des schlammigen Grundes. Dort, wo das Wasser tief war, schwamm ich ein paar Runden unter den leise rauschenden Zweigen. Im Badeanzug lief ich zum Haus zurück, wusch mich und ging früh schlafen.

Schon um halb acht Uhr morgens fuhr ich ab. Jiřina gab mir, wie immer, reichlich zu essen und zu trinken mit. Es war ein heißer Tag, ich mußte mit offenem Fenster fahren, wurde oft in Staub gehüllt. Abends gegen sieben erreichte ich die Grenze. Während der ganzen langen

Fahrt durch Bayern und die hessische Rhön begleiteten mich dann Gewitter mit Blitz, Donner und heftigen Regenschauern.

Das Tagebuch meines Vaters wußte ich in meinem Gepäck, das Reisetagebuch von Lene hatte ich Elisabeth mit der Bitte anvertraut, es mit in die DDR zu nehmen und dort Lotte zu schicken, Lenes jüngster Schwester, die in der Lausitz lebt. Denn Lenes Tagebuch beschrieb eine Reise, die Lene und Lotte zusammen unternommen hatten.

Während der ganzen Heimfahrt versank ich in Grübelei. Ich zog Bilanz. Nach vergeblicher Reise, nach Hoffnungen und Enttäuschungen war mir das Gesuchte – Vaters Tagebuch – nun endlich doch noch zugekommen. Aber hatte es mir meinen Vater nähergebracht, verständlicher gemacht? Gewiß, ich hatte ihn darin als sehr sensiblen, von gegensätzlichen Stimmungen hin- und hergerissenen, rastlosen jungen Mann erlebt, immer auf der Suche, immer unterwegs, immer aus auf menschliche Begegnung, Bestätigung, seelischen Gleichklang, Anerkennung; pathetisch für Ideen schwärmend, die uns, den Heutigen, mehr als fremd, ja lächerlich und – nach dem, was wir heute wissen – gefährlich erscheinen; als Studenten, der nur mit Widerwillen für seine Examen lernte – oder auch nicht lernte, sondern vor dieser Art von Pflichten floh, bis er ihnen nicht mehr ausweichen konnte. Als Verliebten, der verzweifelt um seine Liebe kämpfte; als Unverstandenen, der sich immer wieder seinem Tagebuch erklärte; als einsamen Träumer und miserablen Dichter; als Menschen, der mit der Gegenwart nicht zurechtkam und alle seine Hoffnungen und Ziele fest in der Zukunft verankerte: Ich will... ich werde...

Als junger, unreifer Mensch hatte er dieses Tagebuch geschrieben. Mehr als doppelt so alt war er geworden. In seinem vierundvierzigsten Jahr war er zu Tode gekommen: immer noch rastlos, immer noch Träumer, wenn auch um viele harte Lebenserfahrungen reicher geworden. Aber das Leben hatte ihn nicht gelehrt, Ideologien kritisch zu begegnen. Er verfiel dem Nationalsozialismus mit Leib und Seele.

Habe ich, was diesen Tatbestand betrifft, die moralische Qualifikation, mich über ihn entrüsten zu dürfen? Mir scheint, ich hatte Glück. Denn hätte ich als Erwachsener in seiner Zeit gelebt, hätte mich jener Zeitgeist höchstwahrscheinlich auch zu beeinflussen und zu lenken versucht – in andere Richtungen als die, in die ich heute unterwegs bin. Bekam er mich nicht noch am Zipfel zu packen? Hat sich Hitler während meiner Jugend nicht meiner ehrlichen und arglosen Begeisterungsfähigkeit skrupellos bedient?

Aber seitdem habe ich eine Lektion gründlich gelernt: Man darf seine politische Weltanschauung, seinen Standort und seine Ziele weder dem Zeitgeist noch irgendwelchen politischen »Führern« zu bestimmen überlassen. Das ist eine Aufgabe, die man nicht delegieren darf. Die Verantwortung dafür kann dem einzelnen niemand abnehmen – ebensowenig wie die Pflicht, als mündiger Basisbürger eines demokratischen Systems politische Verantwortung mitzutragen.

Das Bild dieses Mannes, der mein Vater war, hängt noch jetzt in meinem Wohnzimmer. Obwohl im Lauf der Jahre viel Lack abgeblättert ist, viele goldene Krusten sich gelöst haben, von Verklärung nichts mehr zu spüren ist, kann ich mich nicht entschließen, es aus meinem Leben zu verbannen. Denn obwohl ich genau erkenne, daß Menschen wie er Hitlers Aufstieg und verbrecherisches Wirken überhaupt erst ermöglichten, kann ich doch nicht umhin, ihm in Liebe und Erbarmen zu begegnen – um seiner liebenswerten Eigenschaften willen. Und weil er sich sein Leben nicht leichtgemacht hat.

Ostern im Adlergebirge

Sobald mein Sohn aus Kanada zurückgekehrt war, erzählte ich ihm so viel und so begeistert von meiner Woche auf der Rosinkawiese, daß er die zu Pfingsten ins Wasser gefallene gemeinsame Reise so schnell wie möglich nachholen wollte. Aber wann? In den Herbstferien hatte ich eine Lesereise durch deutsche Schulen in Chile vor. Während der Weihnachtsferien war eine Reise auf die Rosinkawiese ausgeschlossen: Das Haus war eingeschneit und kalt, und niemand war dort. Man würde Mühe haben, über die vom Schneepflug freigehaltenen Landsträßchen überhaupt bis nach Mladkov zu kommen. Also planten wir die Reise für die Osterferien 1989, und es sollte nicht nur eine Rosinkawiesen-, sondern eine Tschechoslowakeireise werden.

Die Visa ließen auf sich warten, wir verloren die drei ersten Ferientage. Aber wir hatten uns mit den Pragern sowieso erst für den Karfreitagabend verabredet. Dies war der früheste Termin, zu dem sie auf der Rosinkawiese eintreffen konnten.

Am Mittwoch, dem 22. März, fuhren wir los, passierten kurz nach Mittag die Grenze. Zwangsgeldumtausch: Wie immer pro Kopf und Tag dreißig Mark zum offiziellen Kurs. Das bedeutete, daß wir für eine Deutsche Mark fünf Tschechische Kronen erhielten. Aber ich wußte schon von meinen früheren Reisen her: In fast jedem Gasthof, an fast jeder Tankstelle würden wir nach »Westmark« gefragt werden – zum Tauschkurs von eins zu fünfzehn, eins zu achtzehn, eins zu zwanzig. Nein, wir würden nicht schwarz tauschen wollen, obwohl alle Welt es tat. Aber immerhin war es verboten, und wir wollten auch nicht mehr als dreißig Mark pro Tag ausgeben.

Vorbei an Cheb, dem alten Eger, hinein in das größte Industriegebiet Böhmens rund um Sokolov. Meinem

Sohn, der, nun schon achtzehn Jahre alt, am Steuer saß, fiel allerlei auf, was mir auf dieser Route längst zur Gewohnheit geworden war. Ihn ärgerten die Schlaglöcher auf den Straßen, ihn deprimierten die tristen Häuserfassaden, und über die von der Industrie zerfressene Landschaft und erstickte Natur war er entsetzt. Auch ich hatte die Umweltzerstörungen dieser Gegend bisher noch nie so deutlich gesehen. Denn um diese Jahreszeit breitete kein sommerliches Grün den Mantel der Barmherzigkeit über die Landschaft. Die Bäume – soweit hier noch Bäume wuchsen – waren kahl, die Welt wirkte abgefackelt, aschig, wie verreckt.

Aber dann änderte sich das Bild. Wir passierten Karlovy Vary, fuhren diesmal am Rand der nördlichen Gebirgszüge entlang. Schöne, hügelige Waldlandschaft wechselte ab mit Industriesilhouetten: rauchenden Schloten, Hochspannungsleitungen, Kühltürmen, Abraumhalden und Fabrikhallen. Den zerstörten Wald des Erzgebirges bekamen wir nicht zu sehen. Als wir durch Most kamen, gingen die ersten Lichter an.

In Jílové übernachteten wir in einem ziemlich schäbigen Hotel als einzige Gäste, aßen zu Abend. Was wohl? Natürlich Knödel mit Sauerkraut und Schweinefleisch. (Unsere seit drei Jahren vegetarische Lebensweise mußten wir während der Tschechoslowakeireisen unterbrechen; wir hätten sonst, was das Restaurant-Essen betraf, verhungern müssen. Und auch Jiřina und ihre Mutter hätten wir in die größten Verlegenheiten gestürzt. Denn für die Tschechen ist eine Mahlzeit ohne Fleisch keine Mahlzeit. Und das Fleisch auf dem Teller liegenzulassen wäre grob unhöflich gewesen.)

Im Treppenhaus roch es penetrant nach Toilette. Aber wir waren uns einig: Auch in deutschen Landen hatten wir auf Reisen durch die Provinz manchmal derlei angetroffen.

Im Regen fuhren wir weiter, jetzt am Isergebirge entlang, immer noch abwechselnd durch idyllisch unberührte Natur und Industrielandschaft. Unser weißer Wagen färbte sich im Lauf des Tages dunkelgrau. In einem Supermarkt kauften wir Proviant ein. Statt sechzig Sorten Käse gab es nur drei oder vier, Brot gab es nur in einer einzigen Art, Südfrüchte fehlten fast ganz. Zum Sattwerden war's aber allemal genug, und was wir unterwegs in den Landgasthöfen zu essen bekamen, war überaus schmackhaft. Als angenehm empfanden wir das Fehlen jeglicher Reklame, jeglicher Werbung.

Děčin, Liberec, Trutnov. Daß Děčin das frühere Tetschen und Liberec das ehemalige Reichenberg ist, erfuhren wir aus unserer Landkarte. Trutnov, das klang nach Trautenau – lauter Namen, die ich aus meiner Jugend noch im Ohr habe.

Das Wetter klarte auf, wir sahen nördlich von uns die noch schneebedeckten Kuppen des Riesengebirges liegen. Am Nachmittag erreichten wir Náchod an der lebhaft befahrenen Straße Prag–Hradec Králové–Breslau. Hier gibt es eine Lücke zwischen den Gebirgsketten, die die Tschechoslowakei von ihren nördlichen Nachbarländern trennt. Seit Menschengedenken führte hier eine Straße von Böhmen nach Schlesien.

Südöstlich dieser Passage erheben sich die Hänge des Adlergebirges. Über Nové Město kommend, versuchten wir, dessen höchste Erhebung, die Deschneier Koppe – eintausendeinhundert Meter hoch – nördlich zu umrunden, um an der tschechisch-polnischen Grenze entlang weiterzufahren. Aber die schmale Straße, die kein Aneinandervorbeikommen zweier Wagen erlaubte, war gesperrt. Auf einer zweiten Straße, die ich im Sommer mehrmals befahren hatte, blieben wir im Schnee stecken und mußten umkehren. Hier oben herrschte noch Winter. Schließlich erreichten wir auf Umwegen, die uns durch die schönsten Teile des Adlergebirges und durch mein Lieblingsstädtchen Rokytnice führten, doch noch die von so vielen historischen Spuren begleitete Grenzstraße.

Martin war entzückt von der noch so ursprünglichen

Landschaft, den weit hingestreuten Dörfern, die zum großen Teil noch aus den typischen spitzgiebeligen, dunklen Holzhäusern mit den weit überstehenden Schiefer- oder Schindeldächern bestehen, den rauschenden Wildbächen. In Čihak fanden wir Unterkunft in einer Chata, einer Mischung aus Sporthotel und Jugendherberge. Wir bekamen ein Betreuerzimmer, das wesentlich luxuriöser ausgestattet war als vergleichbare Zimmer in unseren westdeutschen Jugendherbergen, und zahlten dafür einen lächerlichen Preis. Die etwa neunjährigen Jungen und Mädchen zweier tschechischer Schulklassen wieselten durch Gänge und Treppenhaus, grüßten uns freundlich, lärmten weniger als meine eigene Klasse gleichen Alters. Ich genoß das Gefühl, nicht die Verantwortung für sie tragen zu müssen. Ich hatte Ferien, war frei.

Aber noch war es zu früh am Tag, um dessen Rest hier zu verbringen. Bei dichtem Schneetreiben fuhren wir über das ehemalige Böhmisch-Petersdorf, das jezt České Petrovice heißt, zum Steinscholzen hinunter, blieben stehen, versuchten, durch den Flockenwirbel in den Glatzer Kessel hinunterzuschauen. Vorsichtig wagten wir uns über die eisglatten Serpentinen von Petrovičky, dem idyllischen früheren Deutsch-Petersdorf, nach Mladkov hinunter und fuhren zur Rosinkawiese hinaus.

Das Schneetreiben hatte aufgehört. Im frischgefallenen Gründonnerstagsschnee, schon in der ersten Dämmerung, lagen Haus und Park in völliger Stille vor uns, das schwarze Auge des Teiches umrahmend.

Martin war überwältigt von diesem Anblick. »Ungefähr so stelle ich mir den Ort vor, an dem ich mein Leben verbringen möchte«, sagte er träumerisch.

Wir ließen den Wagen an der Straße stehen, stapften durch den Schnee, der schon zu tauen begann, bis zum Teich und über seinen Damm. Wir wußten, daß die Prager noch nicht angekommen sein konnten, respektierten ihre Abwesenheit, näherten uns dem Haus nicht, sondern kehrten zur Straße zurück. Martin schaute sich oft um.

Wir fuhren ins Dorf und wanderten zum Wüsten Schloß hinüber, dem Felsen im Adlertal neben dem Pfad nach Lichkov. Ich erzählte Martin von Andreas' kühner Kletterpartie im vergangenen Sommer, von seinem Juchzer, als er oben angekommen war. Martin wollte es ihm nachtun, aber der Felsen war noch vereist.

Zurück ins Dorf, zu »Großvaters Haus«. Martin hatte sich schon früher an dieser Bezeichnung gestört. »War es nicht auch Großmutters Haus?« hatte er einmal empört gefragt. Er hatte ja recht. Aber Großvaters Persönlichkeit hatte die Großmutter vollkommen überschattet, hatte ihr Selbstwertgefühl gelähmt. Sie hatte ihn nur sozusagen komplettiert. Wenn wir als Kinder vom Großvater sprachen, bedeutete das »Großmutter inklusive«. Ich hatte nach Martins Tadel versucht, die Bezeichnung »das Haus der Großeltern« zu verwenden. Aber das war etwas Fremdes, das einfach nicht passen wollte. So war es schließlich bei »Großvaters Haus« geblieben. Martin hatte sich damit abgefunden.

Er hatte die erste Begegnung mit diesem Haus vergessen. jetzt erlebte er sie wieder neu. Nur noch an die Spuren des Schleien- und Goldfischteichs konnte er sich erinnern. Hangaufwärts näherten wir uns Großvaters Garten, aber da bellte ein Hund vom Haus her, und wir trauten uns nicht weiter. Das Haus, das ganze Dorf lag inzwischen schon in tiefer Dämmerung da; kaum jemand war noch auf den Straßen zu sehen. Durch Schneematsch watend, zeigte ich Martin diesmal den Platz vor der Kirche, wo am Dienstag nach Pfingsten 1945 das Massaker an zehn Wichstadtler Männern stattgefunden hatte. Noch erkannte man, wenn man genau hinsah, an der Kirchenwand einen großen, übertünchten Fleck.

Martin schüttelte verstört den Kopf. Von dem Massaker, das Mitauslöser unserer Flucht von der Rosinkawiese gewesen war, wußte er. Nie aber hatte er sich dieses Geschehnis so deutlich wie hier, am Tatort, vorstellen können.

Als wir nach Čihak zurückfuhren, sprach ich von Lidice. Er nickte. Davon wußte er. Wir hatten schon oft darüber gesprochen. Und ich erzählte ihm, daß während der beiden letzten Kriegsjahre fast täglich die Namen standrechtlich erschossener Tschechen in den Radiosendern des Sudetenlandes und des »Protektorats«, wie man damals die von den Deutschen besetzte Rest-Tschechoslowakei nannte, verlesen worden waren. Ich selbst hatte dem Verlesen der Listen oft zugehört. Frauennamen, Männernamen, samt Alter. Siebzehnjährige Mädchen waren darunter. Mit zwiespältigen Gefühlen hatte ich zugehört. Und insgeheim war ich zu dem Schluß gekommen, daß diese Toten Helden gewesen sein mußten.

Erst bei völliger Dunkelheit kamen wir in der Chata von Čihak wieder an. Unser Zimmer war glühheiß, die Heizung ließ sich nicht abstellen. Als wir uns deshalb an den Verwalter wandten, zuckte er resigniert mit den Schultern: Hier müsse man schmoren oder Tür und Fenster aufreißen. Die Lösung dieses Problems schien nicht in seiner Macht zu stehen. Die Schüler lagen schon in den Betten, flüsterten und kicherten nur noch. Ihre Schulranzen standen in langer Reihe im Eßsaal. Mit weit aufgerissenen Fenstern überstanden wir die Nacht.

Der Karfreitagmorgen, blauer Himmel über weiß bereifter Landschaft, lockte uns früh hinaus. Gleich hinter dem Hotel floß die Wilde Adler vorbei, Zwillingsfluß der Wichstadtler Stillen Adler, sich weiter unten »im Böhmischen« mit ihr vereinigend und bei Königgrätz, jetzt Hradec Králové, in die Elbe mündend. Hier oben war sie Grenze. Ihr gegenüberliegendes Ufer gehörte zu Polen.

An diesem letzten Arbeitstag vor Ostern mußten wir uns den obligatorischen Stempel auf dem Ausländeramt in Ústí holen. Über teilweise vereiste Straßen, aber bei strahlendem Sonnenschein, fuhren wir in Richtung Süden. In dem kleinen Restaurant an der Brücke über den Stausee in Pastviny frühstückten wir. Hier hatte ich mit

Andreas und Elisabeth gesessen. Der Campingplatz war jetzt leer.

Diesmal mußten wir auf dem Ausländeramt nicht lange warten. Nur eine in Aalen lebende Tschechin, die jetzt einen deutschen Paß besaß, leistete uns beim Ausfüllen des Formulars Gesellschaft.

Kaum hatten wir diese Pflichtübung hinter uns gebracht, fuhren wir über den Dürren Berg nach Králíky, hinauf auf den Muttergottesberg, schauten von dort hinüber aufs Adlergebirge, sahen die Rosinkawiese liegen. Auch eine Art Zeremoniell: immer wieder der Blick vom Muttergottesberg, vom Steinscholzen.

Deutschsprachige Nonnen luden uns ein, das Kloster zu besichtigen. Lange blieben wir vor einer handgeschnitzten, reich ausgestatteten Weihnachtskrippe stehen, die mich nicht nur an die Krippe meines Großvaters, sondern auch an den Schnitzer Josef Schwarzer in Dolní Hedeč erinnerte. Seine Figuren stehen das ganze Jahr über, nicht nur zu Weihnachten, in meinem Arbeitszimmer. Wenn ich von meinem Schreibtisch aufschaue, habe ich sie im Blick.

Den alten Josef Schwarzer mußte Martin unbedingt kennenlernen!

Aber an seiner Haustür empfingen uns fremde Leute, die nur tschechisch sprachen. Wir verstanden nicht, was sie uns mitteilen wollten. Kinder holten einen alten Mann aus der Nachbarschaft herbei, der gebrochen deutsch sprach. Er erklärte uns, daß beide Schwarzers längst gestorben seien und daß ihre Söhne, auswärts lebend, das Haus an Ortsfremde verkauft hätten.

Betroffen kehrten wir um. War Josef Schwarzer der letzte Schnitzer der Grulicher Krippenfiguren gewesen? Ein herber Verlust für Deutsche wie Tschechen!

Wir fuhren zurück nach Čihak.

Aber es war noch früh am Nachmittag, und Martin fühlte sich ins Adlergebirge gezogen. Auf der Grenzstraße fuhren wir weit hinauf. An den Südhängen blühten ganze Teppiche von Schneeglöckchen, fern von Dörfern, vom Zufall hingesät, sich von Jahr zu Jahr vermehrend.

Noch immer fuhren wir an der Wilden Adler entlang, die hier, so weit oben im Gebirge, nur noch ein schmaler Bach war, aber immer noch Grenze. An einer uralten Brücke hielten wir an. Hier Tschechoslowakei, drüben Polen. Früher hier Österreich-Ungarn, drüben Preußen, dann Deutschland. Und nur knappe sieben Jahre Deutschland auf beiden Seiten. Die Schlagbäume an beiden Enden sind nur Dekoration. Denn es gibt keine Straße mehr, die über die Brücke führt. Längst hat Gras sie überwuchert, auf beiden Seiten, in beiden Ländern. Nicht einmal ein Pfad führt über die Brücke. Hier gibt es keinen Grenzverkehr mehr. Der läuft woanders ab. Die Brücke ist sinnlos geworden, und noch sinnloser sind ihre Schlagbäume. Ein grotesker Anblick.

Auf dem Rückweg, schon in leichter Dämmerung, kamen wir an der ausgebrannten Ruine einer mächtigen Barockkirche vorbei, die neben dem winzigen Dorf Neratov, das einmal Bärnwald hieß, imposant aufragt. Wir stiegen den Hang hinauf, kletterten über Geröll, scheuchten Wildtauben auf. Ein alter Tscheche, ehemaliger Dorflehrer, kam zu uns herauf, erfreut, daß sich jemand für die Geschichte dieser Ruine interessierte. Er konnte nur ein paar Brocken Deutsch. Wir verstanden nur soviel, daß Maria Theresia, die österreichische Kaiserin, diese Kirche im Rokokostil in den Dreißigerjahren des 18. Jahrhunderts hatte erbauen lassen, ein architektonisches Kleinod, Anziehungspunkt für Touristen. Während des Einzugs der russischen Armee am 10. Mai 1945 habe im Rahmen einer Siegesfeier ein betrunkener Sowjetsoldat eine Panzerfaust in die schöne Kirche gefeuert. Da sei sie in Flammen aufgegangen.

Es begann zu regnen, zu schneien, zu stürmen. Kurz vor Čihak verfuhren wir uns, verloren vollkommen die Orientierung, gerieten nach Rokytnice, wo wir auf der Suche nach ortskundigen Passanten auf eine Gruppe sowjetischer Soldaten stießen, die in einer Kaserne in der Umgebung des Stausees stationiert waren. Sie zeigten sich überaus bemüht, uns zu helfen, aber sie kannten die Gegend ja noch weniger als wir.

Erst bei Dunkelheit erreichten wir die Chata, holten unser Gepäck ab, zahlten, fuhren dann hinunter nach Mladkov, zur Rosinkawiese. Schon von weitem sahen wir Licht schimmern. Was für ein tröstliches Gefühl! Die Prager waren also angekommen – wie sich bald herausstellte, nur zehn Minuten vor uns. Verschiedene Militärkonvois hatten Staus verursacht, in die sie hineingeraten waren. Am Teich erwarteten uns schon Michal und Robert mit Taschenlampen, an der Haustür empfingen uns Jiřina und Alois. Es war, als seien wir heimgekommen.

Wir verbrachten zwei wunderschöne Tage auf der Rosinkawiese. Auch Jiřinas Mutter war da, half in Haus und Garten mit. Gleich am Ostersamstagmorgen fuhren wir mit Jiřina und den beiden Jungen nach Králíky einkaufen, und nach einem prächtigen Knödelmittagessen besuchte Jiřina mit uns noch einmal Großvaters Haus. Diesmal öffnete sich die Tür, kein Hund kläffte uns entgegen, die junge Frau, die ich schon im Sommer gesehen hatte, war freundlich, bat uns einzutreten, erzählte uns mit Jiřinas Übersetzungshilfen, daß sie und ihr Mann nun die Besitzer seien. Sie sei zwar gerade beim Hausputz, aber wir sollten uns nur umschauen, wo wir wollten.

Zögernd trat ich in die Wohnstube. Sie enthielt nichts mehr von der Atmosphäre meiner Kinderzeit. Kein Kanapee, keinen Kanarienvogel, keinen Kippspiegel. Nicht einmal der große Kachelofen mit dem angebauten Herd war noch da. Wahrscheinlich war er den neuen Besitzern zu altmodisch erschienen. Nebenan, in Großvaters »guter Stube«, war eine Tür durch die Wand ins ehemalige »Klavierzimmer« gebrochen worden, genau dort, wo das Bett des Großvaters gestanden hatte und über ihm der Platz der Weihnachtskrippe gewesen war. Auch auf den

Dachboden durften wir steigen, durften einen Blick in die Giebelkammer werfen, in der mein Vater und meine Mutter jungverheiratet geschlafen hatten. Dieser Dachboden hatte immer nach Holz und Honig gerochen. Jetzt roch er nur noch nach Holz. Denn im Bienenhaus waren schon lange keine Bienen mehr, und keine Honigschleuder stand mehr neben der Treppe. Wie hätte sich die Atmosphäre meiner Großeltern auch so lange in diesem Gemäuer, in diesem Gebälk erhalten sollen? Längst war sie einer anderen Atmosphäre gewichen. Natürlich.

Ernüchtert bedankte ich mich bei der freundlichen jungen Frau, auch bei Jiřina. Wir verabschiedeten uns. Martin betrachtete mich forschend, versuchte zu erraten, was in mir vorging. Ich lächelte ihm beruhigend zu. Ein paar Sentimentalitäten hatte ich in den Mülleimer zu befördern. Sonst nichts.

Erst am Grab von Krystina Kafkova, das wir anschließend besuchten, fühlte ich mich wieder im Lot. Sie hatte in Klášterec, einem Dorf am Ufer des Stausees, begraben sein wollen, nicht in Mladkov. Denn in Klášterec hatte sie mit ihrem Mann gelebt, bevor sie auf die Rosinkawiese gezogen war, waren ihre beiden Töchter geboren und herangewachsen. Vielleicht war sogar sie selbst dort geboren. Auf dem kleinen Friedhof am Hang reinigten wir das Grab der Eheleute Kafka vom Unrat des Winters, hackten es, bepflanzten es mit Stiefmütterchen, putzten den Grabstein. Liebe alte Krystina!

Von Klášterec nahmen wir nicht den kürzesten Weg heim. Über České Petrovice fuhren wir hinauf an die Grenze, denn auch Jiřina liebte den Ausblick vom Steinscholzen ins Glatzer Land. Es war klar, und wir konnten weit sehen. Wir hätten noch lange so stehen und schauen mögen. Aber die drei Jungen wurden unruhig. Sie hatten noch andere Pläne. Kaum waren wir wieder daheim, zogen sie, mit Taschenlampen bewaffnet, davon: Sie wollten das Innere eines kleinen alten Bunkers inspizieren, der in der Nähe der Rosinkawiese hinter einem Erdwall versteckt steht. In abenteuerlicher Bekleidung stiefelten sie quer über die Viehweiden. Wir standen zu viert am Fenster, sahen ihnen nach und amüsierten uns.

Zum Abendessen waren wir wieder alle vereint. Michal, schmal, agil, hellwach und clever, war nun zwölf Jahre alt und erwies sich als viel lebhafter als sein Bruder. Er hing an Martin, lief ihm überallhin nach. Die beiden verständigten sich auf Englisch. Michal hatte in der Schule Englischunterricht, war ein guter, sprachbegabter Schüler. Er konnte sich schon recht wendig auf Englisch ausdrücken. Und so kam's, daß er sich ins Gespräch einklinkte, wenn ich mich mit seinem Vater unterhielt, aber nichts verstand und nicht mitreden konnte, wenn ich mit seiner Mutter sprach. Robert war im Vorteil: Er konnte nicht nur an Gesprächen teilnehmen, die Jiřina und ich führten, sondern verstand auch alles, was Martin und ich uns gegenseitig zu sagen hatten.

Der Abend klang aus mit einer großen Geisterbefragung: Ein Buch wurde, in ein Tuch gebunden, an eine große Schere gehängt, so, daß es frei pendeln konnte. Pendelte es nach der einen Seite, bedeutete dies »ja«. Pendelte es auf die andere Seite, wurde die Frage, die man vorher stellen mußte, verneint. Martin hatte diese kuriose Beschäftigung von spanischen Freunden gelernt, und wir gaben sie nun an unsere tschechischen Freunde weiter. Die Wohnstube platzte fast vor deutsch-tschechischer Heiterkeit. Der »Geist« wurde auf tschechisch, deutsch und englisch befragt und antwortete auf die Frage, ob es am Ostersonntag Sauerkraut gebe, mit »nein«. Die Großmutter reagierte bestürzt: Sie habe doch schon Sauerkraut eingekauft! Es bedurfte einiger Überredungskünste, sie dazu zu bewegen, trotzdem Sauerkraut zu kochen.

Am Ostersonntagmorgen mußten die Uhren um eine Stunde vorgestellt werden. Und dann zeigte sich, daß die Prager dem Feiertag keinen großen Respekt erwiesen. Die Rosinkawiese verlangte ständige Pflege, also mußte gearbeitet werden. Wir rechten Maulwurfshaufen auseinander – unzählige auf dem gesamten Wiesen- und Gartenland! – und hackten Beete. Am Nachmittag, nach Knödeln, Braten und Sauerkraut, rechten wir drei Frauen die Wiesen ab und verbrannten Zweige, altes Laub und Moos, während Alois mit den Jungen eine Wandertour über den Dürren Berg machte. Am Abend wurden neben dem Gießteich Äpfel am Handspieß gebraten, und danach gab uns Alois, über Landkarte und Prospekte gebeugt, gute Ratschläge für unsere weitere Reise, vor allem für unseren Aufenthalt in der Hohen Tatra. Michal saß währenddessen trübsinnig in einer Ecke, bis er Martin wieder für sich hatte.

Und wieder verloren Alois und ich uns in ein Gespräch über die politischen Verhältnisse. Alois schüttelte immer wieder den Kopf und winkte ab. Es sei hoffnungslos. Der Parteiapparat werde nie freiwillig auf seine Machtposition verzichten. Er sah keinen Silberstreifen am Horizont, auch als ich hinwies auf die gegenwärtige internationale Konstellation der Politik, die doch so ganz anders war als nach dem Einmarsch der Sowjetarmee im Jahr 1968, und auf die Veränderungen in Polen und Ungarn.

Hätte uns an jenem Abend jemand prophezeit, daß in wenig mehr als einem halben Jahr durch Gorbatschows Politik der Perestroika und eine Explosion des Freiheitswillens fast aller Ostblockvölker in gewaltloser Revolution die alten, von oben her aufgezwungenen Machtstrukturen zerbrechen würden – Alois wäre in ein trauriges Gelächter ausgebrochen: So schnell? Unmöglich!

Am Ostermontag verschob sich unsere Abfahrt bis um zehn Uhr, denn erst mußte ein uralter Wichstadtler Brauch, der auch von den Mladkovern übernommen worden war, zu seinem Recht kommen: das Schmeckostern. Ein Brauch, der offenbar aus den tiefsten patriarchalischen Zeiten stammt: Jungen und Männer streifen mit buntgeschmückten, geflochtenen Weidenruten im Ort umher, packen Mädchen und Frauen, derer sie habhaft werden können, und hauen sie mehr oder minder sanft, bis sich das Opfer mit bunten Eiern oder ein paar Münzen freikauft. Auch Alois, Robert und Michal machten Jagd auf uns drei Frauen, und wir kauften uns mit bunten Eiern frei, die die Jungen schon am Vortag bemalt hatten.

Erst danach durften wir abfahren. Es wurde kein großer Abschied, denn neun Tage später wollten wir uns in Prag treffen. Alois und Jiřina hatten uns überzeugt, daß es eine große Unterlassungssünde sei, die Tschechoslowakei zu bereisen, ohne die Hauptstadt zu besuchen. Und natürlich sollten wir während dieser Prager Tage bei ihnen wohnen. Erst hatten wir gezögert. Sie hatten doch nur eine enge Wohnung in einem Mietshaus, die wir durch unsere Anwesenheit nicht noch enger machen wollten. Aber sie hatten unsere Bedenken zerstreut, und Robert und Michal hatten ihnen dabei mit Argumenten eifrig beigestanden. Ihr Zimmer wollten sie gern für uns räumen.

Auch die Prager verließen noch am selben Tag die Rosinkawiese. Am Dienstag mußten Alois und Jiřina ja schon wieder im Büro sein, mußten Michal und Robert zur Schule gehen.

Erst in der Tatra fiel uns ein, daß wir auf dieser Reise ganz vergessen hatten, Hilde in Těchonín zu besuchen.

Wiedersehen in Prag

Neun Tage später fanden wir zwar die richtige Ausfahrt von der Autobahn, verirrten uns dann aber im Straßengewirr der Prager Vorstädte und landeten statt im Viertel Zahradní Mésto im Stadtteil Chodov. Schließlich, nach vielen Stopps und allerlei Fragerei, lotsten uns freundliche Tschechen in die richtige Straße, und wir entdeckten Michal, der schon vor dem vielstöckigen Wohnblock wartete und uns eifrig winkte. Wir hatten uns von unterwegs telefonisch angemeldet und waren fast auf die Minute pünktlich angekommen.

Alois, Robert und Jiřina begrüßten uns herzlich. Das Abendessen stand schon bereit. Nach zwei Wochen tschechischen Fernsehens – wenn überhaupt – sahen wir wieder die Tagesschau. Alois stellte mir sein Zimmer zur Verfügung, Martin bekam Jiřinas Zimmer. Nein, wir durften auf keinen Fall nur auf Matratzen schlafen und zusammen nur ein einziges Zimmer bewohnen. Jiřina und Alois zogen zusammen ins Wohnzimmer. Auf unser Tauschangebot gingen sie nicht ein.

Aber noch war es nicht Schlafenszeit. Den ganzen Abend mußten wir von unserer Reise erzählen. Es waren neun abwechslungsreiche, lehrreiche und überraschungsreiche Tage gewesen. Nach der Abfahrt von der Rosinkawiese waren wir überall in den Dörfern schmeckosternden Jungen begegnet. In Šumperk hatten wir vor dem Bahnhofsgebäude kurz Rast gemacht, hatten die Halle betreten. Hier hatte ich jeden Samstag nach der Schule sehnsüchtig auf den Zug gewartet, der mich heimbringen sollte, und an jedem Montagmorgen war ich traurig hier angekommen.

Die Berge waren zu Hügeln geworden, die Hügel verloren sich in der Ebene. Wir fuhren durch die fruchtbare Hana, ließen Olomouc, früher Ölmütz, links liegen, überquerten die Westbeskiden und landeten am Abend schon in den Vorbergen der Hohen Tatra, in dem kleinen Dorf Bukowina, im Haus eines alten slowakischen Bauern, der uns eingeladen hatte, bei ihm zu übernachten, als wir ihn auf der Straße nach einem Gasthof gefragt hatten. Seine Frau setzte uns Brot und Speck und einen Teller Gemüsesuppe vor, und dann mußten wir das Hochzeitsbild betrachten und erfuhren, daß sie Protestanten waren und in einer protestantischen Enklave lebten. Wir schliefen in ihrer guten Stube, erstickten fast unter ungeheuren Federbetten, die sie für uns vom Dachboden heruntergeschleppt hatten. Am nächsten Morgen, nach einem herzhaften Frühstück, tauschten wir unsere Adressen aus. Was für eine herzliche Atmosphäre!

Die nächsten zweieinhalb Tage verbrachten wir, immer noch bei Sonnenschein, in der Hohen Tatra, den tschechischen Alpen, wohnten in hübschen und unglaublich preiswerten Hotels, fuhren in Liften auf die noch schneebedeckten Berge, sahen als Nichtskifahrer dem ausklingenden Skibetrieb zu. Von der herrlichen Landschaft brauchten wir nicht zu schwärmen: Unsere Prager kannten sie.

Martin hatte, noch in der Tatra, auf einer unserer Landkarten einen winzigen Naturschutzpark entdeckt. »Pieniny« heißt er und liegt weiter östlich, entlang dem tschechisch-polnischen Grenzfluß Dunajec. Dorthin zog es ihn. Ich ließ mich mitziehen, begierig darauf, dieses Land, in dem ich geboren wurde und das mir doch so fremd geblieben war, näher kennenzulernen.

Durch die Zipser Magura, einer früheren deutschen Sprachinsel, fuhren wir nach Norden, gerieten in eine Sackgasse, die in dem langgezogenen Dorf Osturnia zwischen Berghängen endete. In diesem Ort standen noch viele kleine Holzhäuser, deren Balken offenbar von Äxten zugehauen worden waren: Blockhütten aus der Besiedlungszeit? Hütten von Holzfällern und Köhlern auf gerodetem Feld?

Hier war die Welt buchstäblich zu Ende. Wir drehten um, fuhren, nun bei Regen, am Ufer der Dunajec entlang bis zum Roten Kloster neben der Furt. Ein würdiges Gebäude, verwüstet von den Hussiten, in barockem Stil wieder aufgebaut, später verödet, nach dem letzten Krieg im staatlichen Auftrag restauriert. In einem Flügel stießen wir auf ein Kinderheim, in einem anderen auf eine Art Pilgerheim, das aber während des Winterhalbjahres geschlossen war, in einem dritten auf ein Museum. Der Museumswärter, zugleich wohl auch sein Direktor, freute sich, daß sich um diese Jahreszeit jemand für die Spuren der Vergangenheit interessierte. Beflissen führte er uns herum, zeigte uns alte Bauernmöbel, alte Pflüge, schloß für uns sogar sein Allerheiligstes auf, die Kräuterküche und Apotheke des Kartäuserfraters Cypriano, der nicht nur Botaniker, sondern auch Physiker gewesen war. Sein Deutsch holte er aus den Tiefen seiner Erinnerung. Es war dementsprechend stockend, aber gut verständlich. Wir waren gerührt von seinem Eifer und versprachen ihm, überall von seinem Museum zu erzählen – was wir auch taten und noch tun.

Wir übernachteten wieder in einem Privathaus und wanderten am nächsten Tag am Ufer der Dunajec entlang in die bizarre Felsenlandschaft hinein. Hier rührte sich auch schon der Frühling. Die Weiden zeigten zartes Grün, die Leberblümchen blühten. Eine wunderschöne Gegend, und doch so unbekannt, sogar den Tschechen. Die nächste Nacht verbrachten wir in einer Jugendherberge, die sich im Dachgeschoß einer Dorfschule befindet. Das Lehrerehepaar war rührend um uns bemüht. Aus unserem Fenster schauten wir in ein stilles, felsiges Tal, hörten Käuzchen rufen. Eine friedliche Welt.

Wir fuhren durch die Slowakei ostwärts bis zum Duklapaß, Schauplatz schwerer Kämpfe im Ersten wie im Zweiten Weltkrieg, kamen an erbeuteten deutschen Panzern, deutschen Kanonen vorüber, die auf Sockeln festgeschweißt waren: anschauliche Erinnerungen an diese, an jene Schlacht. Zwischen derlei Denkmälern immer wieder aus dem von Kriegen und Notzeiten so heimgesuchten Landstrich aufragend: hölzerne Kirchen mit Zwiebeltürmen, alle unter Denkmalschutz stehend, Gotteshäuser russisch-orthodoxer Christen.

Zurück in Richtung Brno, Brünn, diesmal über die Niedere Tatra, hinauf auf den Hang des Chopok, über zweitausend Meter hoch. Auf der Fahrt im Lift, mitten in Nebelschwaden hinein, schlotterten wir vor Kälte. Oben, in der warmen Espresso-Bar, tauten wir auf, wurden maßlos albern, amüsierten uns – wir Nichtkönner! – über die Skianfänger, bis uns wieder Nebel umhüllte, der nur ab und zu aufriß und einen weiten Blick nach Süden zuließ. Im Berghotel umdröhnte uns fast die ganze Nacht Musik aus der Disco, die unter unserem Zimmer lag. Am Morgen fuhren wir mit dem letzten Tropfen Öl ab und vergaßen unsere Pässe in der Rezeption. Das merkten wir erst am Abend in den Weißen Karpaten. Uns blieb nichts anderes übrig, als umzukehren. Dieses leidige Mißgeschick kostete uns einen ganzen Tag. Aber die reizvolle Gebirgslandschaft ließ sich auch zweimal genießen.

Bei strömendem Regen kamen wir in Brno an und retteten uns in das Innenstadthotel »Moravia«, in dem sich gerade achtzig Kubaner, vorwiegend junge Landarbeiter und Landarbeiterinnen, auf Staatskosten aufhielten. Vertraute südamerikanische Gesänge hallten durch das Treppenhaus, und kaum hatte ich, regennaß, die Rezeption erreicht, mußte ich auch schon dolmetschen: Eine Kubanerin brauchte dringend ein Bügeleisen.

In dieser Stadt hatte ich, vierzehnjährig, zusammen mit meiner Mutter meinen Vater besucht, der hier verwundet in einem Lazarett gelegen hatte. Kaum hörte es auf zu regnen, wanderten wir durch den alten Stadtkern, erstiegen den Hügel der berühmt-berüchtigten ehemaligen Festung Spielberg, lasen uns dann fünf Stunden lang in einem Antiquariat fest, in dem wir auf die absonderlichsten alten Bücher stießen.

Der Jüdische Friedhof in Prag

Zwei Tage später, nach einem Besuch der Macocha-Tropfsteinhöhlen nördlich von Brno, die vor allem Martin entzückten, waren wir auf dem Weg nach Prag.

Am nächsten Morgen nahm uns Alois in seinem Wagen mit in die Stadt, begleitete uns zu Fuß bis auf den Wenzelsplatz, kaufte einen deutschsprachigen ›Führer durch Prag‹ und schenkte ihn uns. Dann überließ er uns unserer eigenen Initiative und ging zur Arbeit.

Tatsächlich: Prag ist ein Universum an Sehenswürdigkeiten. Wir wußten nicht, wo wir anfangen sollten. Mir lag vor allem das Jüdische Viertel am Herzen. Ich wollte das jüdische Museum, die Synagogen, den Friedhof sehen, wollte, daß auch Martin das alles sieht, daß er es nicht vergißt.

Aber die alten Gassen, die wunderschön restaurierten Fassaden verführten uns dazu, immer wieder von unserem Weg ins Jüdische Viertel abzubiegen, Umwege einzuschieben, zu staunen mit dem Kopf im Nacken. Was für eine Stadt!

Und dann endlich hinein ins Jüdische Viertel, in die Museen jüdischer Lebensart! Die Sammlungen von Kultgegenständen aus mehreren Jahrhunderten durchwanderten wir noch ziemlich kühl, die sakrale Atmosphäre nahmen wir konzentriert, aber mit innerem Abstand zur Kenntnis. Erst der Friedhof löste in mir starke Emotionen aus: zwölftausend dicht an dicht senkrecht aufgereihte Grabplatten, hierher zusammengetragen, vor der Vernichtung gerettet. Spuren von zwölftausend menschlichen Schicksalen.

»Wenn ich hier in diesem Ghetto hätte leben müssen«, meinte Martin, »egal, ob in jetzigen oder in früheren Zeiten, als Angehöriger einer diskriminierten Minderheit, als Sündenbock für die Fehler und Verbrechen anderer, in meiner Freiheit eingeengt durch erbarmungslose Gesetze und benachteiligende Bestimmungen – ich wäre an Platzangst zugrunde gegangen, noch bevor ich irgendwelchen Pogromen zum Opfer gefallen wäre...«

»Gehen wir«, sagte ich.

Aber noch konnten wir uns von diesen Stätten nicht entfernen. Noch hatten wir die wichtigsten Exponate nicht besichtigt. Ohne sie gesehen zu haben, wäre das Verlassen des jüdischen Viertels eine Flucht geworden. Und so betraten wir die Säle, in denen eine große Anzahl von im Konzentrationslager Theresienstadt entstandenen Kinderzeichnungen ausgestellt waren. Es waren Zeichnungen jüdischer und tschechischer Kinder, die schon für den baldigen Tod vorgemerkt waren, als sie den Stift in der Hand hielten. Letzte Spuren Tausender toter Kinder, rührende Zeugnisse kindlicher Versuche, dieses reduzierte, entwürdigende Leben im Lager noch in Bildern festzuhalten und dadurch zu bewältigen. Entsetzlich zu wissen, daß allen diesen Kindern nicht vergönnt gewesen war, erwachsen zu werden. Daß sie allesamt durch die Schuld deutscher Menschen starben – nicht durch Unachtsamkeit oder menschliches Versagen, sondern kaltblütig ermordet mit Hilfe einer fast industriellen Tötungsmaschinerie.

Wir nahmen uns Zeit für diese Säle. Benommen taumelten wir schließlich auf die Straße. Da standen wir nun, Angehörige der Nation, die diese Schuld auf sich geladen hatte. Ich wunderte mich, daß uns keiner der Passanten feindlich anstarrte, niemand uns haßerfüllt anschrie. Martins Gesicht verriet mir ähnliche Empfindungen.

Wir gingen durch die malerischen Gassen davon, jetzt blind für architektonische Schönheiten.

Am Abend ganz andere Prager Impulse: Zusammen mit Jiřina, Robert und Michal besuchten wir eine Aufführung der ›Laterna magika‹. Diese Verschmelzung von Film- und Zirkuskunst, Ballett und Musik erzeugte eine poetische Atmosphäre, die uns verzauberte. Karten für dieses einmalige Theater sind meistens schon wochenlang vorher ausverkauft. Und sie sind teuer! Alois, dem ich einmal begeistert von meinem Besuch einer Wiesbadener Gastaufführung der ›Laterna magika‹ erzählt hatte, mußte sehr gute Beziehungen haben, um so schnell an Karten zu kommen. Außerdem hatte er tief in seine Geldbörse greifen müssen, um uns diese Freude zu bereiten. Und *was* das für eine Freude war! Martin hatte so etwas noch nie gesehen, er war über die Leichtigkeit, die Grazie, die sanfte Melancholie der Darbietung genauso entzückt wie ich.

Am nächsten Morgen hatten wir es wieder eilig, in die Stadt zu kommen. Zwei Tage – was ist das schon für Prag? Wir schlenderten über den Altstädter Ring, bestaunten die vorüberziehenden Figuren der astronomischen Uhr, sahen den Knochenmann winken, erfuhren aus Alois' Stadtführer, daß während des Prager Aufstands am 8. Mai 1945 der Ostflügel des Altstädter Rathauses in Brand geschossen und völlig vernichtet worden war.

Martin zog es auf die Karlsbrücke und zur Kleinseite hinüber. Wir stiegen hinauf zur Prager Burg, durchwanderten die Burghöfe, betraten den St.-Veits-Dom, bewunderten seine Schönheit, schauten von einer Balustrade hinüber auf die Stadt, hinunter auf die Moldau.

Am frühen Nachmittag trafen wir uns mit Alois, Jiřina und Robert »vor dem Pferdekopf« des Reiterdenkmals am oberen Ende des Wenzelsplatzes. Jiřina und Alois kehrten heim und nahmen Roberts Ranzen mit. Robert aber führte uns die Prager Metro vor, fuhr mit uns zum Prager »Kultur- und Erholungspark Julius Fučik«. Wer war das gewesen? Ich konnte mit diesem Namen nichts anfangen. Von Robert erfuhr ich, daß Julius Fučik, ein tschechischer Journalist und Schriftsteller, von den Nazis im Jahre 1943 zu Tode gefoltert worden war.

Ich wunderte mich, als wir wieder aus der Metrostation ans Tageslicht stiegen und auf den Park zuwanderten. Was machten hier plötzlich so viele Menschen? Ich hörte Deutsch sprechen, sah in vielen Taschen eingerollte schwarz-rot-gelbe Papierfähnchen. Was ging hier vor?

Robert klärte uns auf: In diesen Tagen fand hier in Prag der Kampf der Tennis-Weltbesten um den Davis-Cup statt, und jetzt, an diesem Nachmittag, trat Boris Becker gegen den Tschechen Mečir an. Ganze Busse voll Bundesdeutscher waren angereist, hatten die Prager Hotels gefüllt. Ein junger Sachse hielt uns an, fragte uns, wie man zur Tennishalle kommen. Wir nahmen ihn mit. Der Junge war extra aus der DDR herübergekommen, um dieses Spektakel mitzuerleben. Er schwenkte seine Eintrittskarte. Er machte kein Hehl daraus, daß er Beckers Sieg wünschte.

Von allen Seiten strömten Menschen auf ein palastartiges Gebäude zu, drängten sich vor dem Eingangsportal. Martin warf mir einen Blick zu, schüttelte den Kopf. Ich nickte. Wir verabschiedeten uns von dem Sachsen und machten, daß wir fortkamen. Ich wußte: Auch Martin wünschte Mečir den Sieg.

Wir ließen die Tennishalle hinter uns und steuerten unter Roberts Führung den Rummelplatz an, der uns einen reizenden Abschied von Prag bereitete. Natürlich, auch hier gab es Autoscooter und Flipper, gab es Losbuden mit Mickymäusen und Plastikschnickschnack. Aber an ihnen gingen wir vorüber, strebten auf bei uns längst Verschwundenes zu: Da drehten sich noch uralte Kinderkarussells mit Schimmeln, Elefanten und Schwänen. Da standen noch Schießbuden aus dem vergangenen Jahrhundert, die mich an die Rummelplätze meiner Kindheit erinnerten, mit einer Fülle von handgemalten, mit der Laubsäge ausgesägten, mit Scharnieren und Achsen ausgestatteten Figuren inmitten rührend primitiver Szenerien. Traf der Schütze die blaue Scheibe, begannen zwei altmodisch bekleidete Waldarbeiter eine vorsintflutliche Säge über einen Baumstamm hin- und herzuziehen. Traf er die rote Scheibe, legte ein Vater in der Bauernstube seinen minderjährigen Sohn – zwischen einem Dutzend anderer Kinder – übers Knie und versohlte ihn, bis der Mechanismus wieder zur Ruhe kam. Je nachdem, welche Scheibe man traf, begann eine Sonne zu rotieren, fischte ein Storch einen Säugling aus dem Seerosenteich, winkte ein Totengerippe.

Vor einem winzigen Zirkuszelt lud der Zirkusdirektor persönlich die Passanten ein hereinzuspazieren. Auch wir ließen uns einfangen, betraten das Zelt, ließen uns auf Sitzgelegenheiten nieder, die alles andere als komfortabel waren. Alles wirkte irgendwie improvisiert, auch das Programm: der Mann mit der trägen Riesenschlange, mit der er junge Kraftmeier aus der Zuschauerrunde herausforderte; der alte Jongleur mit den kreisenden Tellern auf der Spazierstockspitze; der Messerwerfer mit dem pummeligen jungen Mädchen aus dem Publikum; der Zauberer, die Kunstturnerin, der abgerichtete Pudel. Die Zuschauer klatschten begeistert. Wir auch – ehrlich. Wir genossen den fast familiär kleinen Kreis der Zuschauer – für größere Mengen bot das Zelt keinen Platz –, die Abwesenheit jeglichen Perfektionismus und die lockere, sozusagen mit den Augen zwinkernde Atmosphäre. Und der Abschied von Prag, der Stadt, die uns so vieles gegeben, die uns so fasziniert hatte, vibrierte schon in unserem Applaus mit.

Als wir auf dem Rückweg zur Metrostation wieder am Sportpalast vorüberkamen, entströmten ihm gerade die Davis-Cup-Zuschauermassen. Rudel von Deutschen schwangen Fähnchen, lärmten euphorisch, schlugen sich gegenseitig auf die Schultern. Wir brauchten nicht zu fragen, wer dieses Match gewonnen hatte.

Den letzten Abend verbrachten wir zusammen mit unseren Freunden in deren Wohnzimmer. Zwei Tage lang hatten sie um unseretwillen Unbequemlichkeiten in Kauf genommen, die bedrückende Enge in der kleinen Wohnung, hatten unserem Wohl Priorität eingeräumt, hatten Rücksichten genommen, hatten nichts vor uns verschlossen, hatten uns mit Herzlichkeit umgeben. Nicht um alles in der Welt hätte ich das winzige, vollgestopfte Zimmerchen mit einem komfortablen Hotelzimmer tauschen mögen.

Wir luden sie ein, uns im kommenden Frühjahr, im kommenden Sommer zu besuchen. Waren jetzt nicht Jiřina und Michal an der Reihe? Alois nickte nachdenklich, Jiřina lächelte verlegen: O ja, das wäre schon schön. Alois seufzte: Aber dann müsse er mich wieder bitten, die nötige Westquote pro Kopf und Tag auf die Staatsbank zu überweisen. Für zwei Personen und eine Woche sei das nicht wenig...

Wie mußte ihm in dieser Rolle des Bittstellers, des Abhängigen zumute sein? Ich versuchte, sie ihm erträglich zu machen, beruhigte ihn: Das sei kein Problem. Und Robert solle doch auch kommen, meinte Martin. Um Deutsch zu üben – und überhaupt.

Roberts Augen begannen zu glänzen. Alois brauchte ihn nicht zu fragen, ob er wolle.

Wir besprachen alles, kamen überein, daß Jiřina mit Michal Mitte Juni für eine Woche kommen solle, Robert unmittelbar nach seinem Schuljahresende für drei Wochen. Jiřina bekam als Eisenbahningenieurin alle Bahnreisen frei, und ihre Familienmitglieder erhielten große Ermäßigungen, auch für Strecken in der DDR, geringere Ermäßigungen auf dem Gebiet der Bundesrepublik. Deshalb kam es für sie und ihre Familie billiger, die längere Strecke über die DDR zu wählen.

Alois hatte noch ein Anliegen: Ob Robert einmal den deutschen Schulbetrieb kennenlernen könne? Ich nickte. Das war zu machen: als Gastschüler. Auch für die Schlitzer Schüler sah ich in einer solchen Begegnung Gewinn.

Der Abend klang bei slowakischem Wein euphorisch aus. Die Prager freuten sich auf die Reise zu uns, und wir freuten uns auf die gemeinsame Zeit mit ihnen.

Am Morgen des 8. April versah uns Jiřina, wie immer, mit reichlichem Proviant, die Jungen winkten, Alois fuhr vor uns her, um uns auf die Autobahn zu lotsen, die die Stadt in großem Bogen umrundete. Wir fuhren über die Moldau. Über der Kleinseite ragten Burg und Dom empor. Prag zeigte sich uns noch einmal mit seiner ganzen Skyline, auch den häßlichen Wohntürmen in den Vorstädten.

Eine halbe Stunde westwärts der Metropole begegneten wir einem Straßenschild, das seitwärts nach Lidice wies. Wir bogen von der Hauptstraße ab und fuhren dem Schild nach.

Erinnerungen aus Brno

Als ich Ende Mai von einer Lesereise heimkehrte, gab mir Martin eine Telefonnummer. Ich solle eine Frau Gerda Heller anrufen.

Ich kannte keine Gerda Heller. Als ich anrief, meldete sich die Stimme einer älteren Frau, einer jüdischen Ärztin aus Brno, die sich zur Zeit bei Verwandten in Dossenheim bei Heidelberg aufhielt. Sie erzählte mir, daß sie die Rosinkawiese kenne:

Dort sei sie mit ihrer Mutter im Jahr 1937 zur Sommerfrische gewesen. Sie habe jene Wochen als wunderschöne Zeit in Erinnerung. Später, Jahre nach dem Krieg, sei sie einmal auf der Rosinkawiese gewesen, habe fremde Leute angetroffen, die freundlich zu ihr gewesen seien. Von ihnen habe sie vom Tod meines Vaters erfahren. Wieder viele Jahre später sei sie meinen beiden ins Tschechische übersetzten und in Prag erschienenen Romanen begegnet, habe sie gekauft und gelesen, habe vergeblich versucht, meine Adresse zu erfahren. Erst jetzt, bei diesem Aufenthalt in der Bundesrepublik, sei ihr das gelungen. Sie habe übrigens noch zwei Fotos in ihrem Besitz, auf denen seien meine beiden Schwestern und ich zu sehen. Ob ich sie haben wolle?

Natürlich wollte ich sie haben. Und ob sie das Buch ›Rosinkawiese‹ kenne, das ich geschrieben habe? Nein, sie kannte es nicht. Es war ja nicht in der Tschechoslowakei erschienen. Ich versprach, es ihr zuzusenden. Darüber freute sie sich.

Und dann erzählte ich ihr von der jetzigen Rosinkawiese; daß ich schon öfter dort gewesen sei, zuletzt mit meinem Sohn vor ein paar Wochen; daß sie jetzt noch schöner sei als damals, wenn auch nicht mehr so intensiv bearbeitet; daß ich mit ihren jetzigen Besitzern befreundet sei, sie auch uns schon im Westen besucht hätten; daß wir auch in diesem Sommer wieder ihren Besuch erwarteten.

Ich spürte ihr Staunen.

Von Krystina Kafkova erzählte ich ihr. Ja, sie konnte sich auch noch an sie erinnern, eine herzensgute Frau, die ihre Enttäuschung begriffen und sie über die Nacht dabehalten hatte, sie und ihre Freundin, ihre Wandergefährtin.

Ich erzählte ihr von unserem Neubeginn in Westdeutschland, den Jahren in Südamerika, meinem Sohn. Und sie deutete mir an, wie es ihr und ihrer Familie gelungen war, die mörderischen Jahre des Naziregimes zu überleben. Und danach? Ich begriff: Sie, der ihr Deutschsein einst selbstverständlich gewesen war, hatte nun Tschechin werden müssen.

Von meiner Mutter sprach ich nicht.

Ich spürte, daß sie von diesem Gespräch tief berührt war. Und auch ich mußte mich erst einmal hinsetzen, nachdem ich den Hörer aufgelegt hatte. Wie viele Deutsche hatten sich nach der Veröffentlichung meines Rosinkawiesen-Buches bei mir gemeldet! Alte Bekannte meiner Eltern aus der Zeit vor dem Krieg, Freunde, von denen wir seit dem Kriegsende nichts mehr gehört hatten, keine Adresse wußten, nicht einmal wußten, ob sie noch lebten. Diese Frau aber war sozusagen von der anderen Seite, war Jüdin, war tschechische Staatsbürgerin.

Ich muß damals neun Jahre alt gewesen sein, sie etwas älter. Undeutlich kann ich mich an ein schmales, blondes Kind erinnern, nicht aber an dessen Mutter. Als sie Jahre nach dem Krieg auf die Rosinkawiese wanderte, war sie wohl auf der Suche nach der versunkenen heilen Welt – die sie auch dort nicht mehr antraf. Wie enttäuscht mußte sie gewesen sein. Wie wohl mußte ihr die Herzlichkeit der Kafkas getan haben, die sie bei sich übernachten ließen!

Ein paar Tage später erreichte mich ihr Brief, der noch in Dossenheim abgeschickt worden war. Ich las ihn Martin vor:

»... Ihr Anruf hat mich sehr gefreut. Hätte ich Ihre Anschrift früher gehabt, hätten Sie meine Anerkennung Ihrer Bücher schon erfahren.

Ich sende Ihnen die Fotos, die Frau Gall aus Brünn aufgenommen hat.

Ich selber kann mich an vieles in Rosinkawiese erinnern: die Küche, in der Ihre liebe Mutter gewirtschaftet hat, Ihr strenger Vater, der Sie wegen der Bitterpilze gerügt hat. Dann die Ziegen im sauberen Stall und die Ziegenmilch, die mir aber nicht schmeckte. Das Baden im Teich war ein Erlebnis, auch der Ausflug, auf den wir Sie mitgenommen haben. Einmal waren wir zusammen im Dorf einkaufen. Das Zimmer, in dem wir, d.h. meine Mutter und ich wohnten, war links neben der Stiege im Dach. – Nun, wie bei alten Leuten sind diese Kindheitserinnerungen ganz genau und die Bilder bunt. (Sie haben damals gerne Birken gezeichnet!)

Nun, sollten Sie einmal wieder nach Brünn kommen, würde es uns freuen, Sie bei uns zu begrüßen.

Es grüßt Sie herzlich Ihre Gerda Heller...«

Martin war ganz Ohr, las den Brief selbst noch einmal durch, fragte mich, ob ich mich an die von ihr aufgezählten Geschehnisse erinnere. Mir kam vage eine Szene am Teich in den Sinn: Einmal hatte sie beim Baden einen Blutegel an ihrer Wade entdeckt, der ihr Schrecken einflößte. Sie schrie mich, die Jüngere, herbei. Ich zog ihn ihr ab. In unserem Teich gab es damals viele Blutegel. Wir waren den Umgang mit ihnen gewöhnt, und ich gewöhnte auch das Brünner Kind daran.

»Und wie war das mit den Bitterpilzen?« fragte Martin.

Ach ja, es war immer mal wieder vorgekommen, daß ich Bitterpilze mit Steinpilzen verwechselte. Solche Mißgeschicke passierten nicht nur mir. Diese beiden Pilzsorten sahen fast gleich aus, man konnte sich nur vor einer Verwechslung schützen, indem man kostete. Giftig waren die Bitterpilze nicht, nur ekelhaft bitter, und wenn ein Bitterpilz oder auch nur ein kleines Stück von ihm ins Pilzgebräte geraten war, konnte man die ganze volle Pfanne in den Abfall leeren.

»Das meine ich nicht«, sagte Martin. »Ich meine deinen Vater. Du hast mir nie erzählt, daß er streng gewesen ist. Aber hier...?«

Nein, ich kann mich ehrlich nicht erinnern, ihn jemals streng erlebt zu haben. Oder narrt mich die Erinnerung? Ein einziges Mal hatte er mich mit einer Rute geschlagen, aber das war mehr eine Pflichtübung mit Augenzwinkern gewesen. Die Mutter dagegen habe ich als streng in Erinnerung, unerbittlich in ihrer pädagogischen Konsequenz. Ihr gegenüber wurde der Vater fast zu unserem Komplizen. Und wir Kinder spürten, daß er weicheren Gemüts war als die Mutter.

Aber je älter ich werde, desto unzuverlässiger erscheint mir die Erinnerung!

Die beiden Fotos lagen bei: winzige, unscharfe Bilder, auf denen ich mit Freya und Sieglinde vor einer Puppenhaus- oder Kasperletheaterwand zu sehen bin. Auch an diese stoffbespannte spanische Wand konnte ich mich nicht erinnern, worüber sich Martin wunderte. Wohl aber sah ich noch diese Frau Gall vor mir. Auch sie war Sommergast bei uns gewesen, und entweder hatte *sie* Gerdas Mutter die Rosinkawiese empfohlen, oder sie war von Gerdas Mutter dazu veranlaßt worden, dort eine Weile Gast zu sein. Frau Gall aus Brünn.

Das Rosinkawiesen-Buch war schon unterwegs nach Brünn, würde schon dort sein, wenn Frau Heller heimkäme. Zwei Wochen später erhielt ich einen Brief aus Brno. Diesmal las Martin ihn mir vor:

» ... Zu Hause zurückgekehrt, erwartete mich Ihre Sendung. Herzlichen Dank! Ich wollte Ihnen erst schreiben, nachdem ich das Buch gelesen habe. Es hat viele Erinnerungen wachgerufen.

Vorerst möchte ich mich bei Ihnen für mein Deutsch

entschuldigen. Im Krieg wurde ich bald aus der Schule ausgeschlossen. Später, d.h. nach dem Krieg, studierte ich in tschechischen Schulen, und auch zu Hause mußte tschechisch gesprochen werden.

Lebt Ihre Mutter noch? Meine ist im 87. Lebensjahr 1983 gestorben. Sie hat Ihre zwei erwähnten Bücher auch gelesen, und da haben wir uns wieder an Rosinkawiese erinnert. Als wir damals 1937 bei Ihnen zu Besuch waren, war Mutter Vegetarierin. Sie hatte viel Verständnis für das Experiment Ihrer Eltern. Leider war die Zeit damals für uns durch düstere Ahnungen geprägt. Der Bau der Grenzfestungen hat dazu beigetragen.

Ich wußte nichts über Ihre Weltanschauung und Ihr politisches Engagement, doch war mir sehr weh ums Herz, als ich zehn Jahre später mit meiner Freundin Rosinkawiese besuchte und wir eine Nacht dort verbrachten. Da erfuhr ich, daß Ihr Vater gefallen ist.

Es ist mir sympathisch, daß Ihre Kindheit in Rosinkawiese Sie so positiv beeinflußt hat, was auch aus Ihren Büchern zu fühlen war. Deshalb wollte ich schon, als ich vor zwei Jahren in der BRD weilte, Ihre Adresse auskundig machen, was mir aber erst diesmal gelungen ist.

Sollten Sie wieder einmal in die ČSSR kommen, würde es mich sehr freuen, Sie wiederzusehen. Sie könnten dann auch unsere ›Mini-Rosinkawiese‹ auf der böhmisch-mährischen Hochebene kennenlernen. Ein Gartenhäuschen in einer sumpfigen Wiese 550 m Seehöhe. Es ist nur ein kleines Ding, wo meine Mutter die letzten Jahre ihres Lebens den Sommer verbracht hatte. (Das Gras mähe ich mit der Sense und Sichel!) Die ›Chaty‹, die jetzt bei uns gebaut werden mit Garage und Badezimmer, sind eine Epidemie in der ČSSR. Mein Mann züchtet biologisch Gemüse, leider mit wenig Erfolg. Es gibt zu viele Mäuse und Hasen, denen das Gemüse schmeckt. Den Vögeln schmecken die Erdbeeren.

Es grüßt Sie herzlich und wünscht Ihnen weiter literarischen Erfolg Ihre Gerda Heller.

P.S. Sie können bei uns wohnen, wenn Sie etwas bescheiden sind, was Komfort betrifft (wir haben noch immer keine Zentralheizung). Platz ist genug...«

»Wenn sie das ›politische Engagement‹ deiner Eltern, vor allem deines Vaters, gekannt hätte...?« fragte Martin nachdenklich. »Wie sähe sie dann die Rosinkawiese jetzt?«

»Ich meine, wir sollten es ihr nicht verheimlichen«, antwortete ich. »Das hielte ich für unfair. Auch wenn ihr dann wieder weh ums Herz sein wird.«

Wir beschlossen, sie auf unserer nächsten Reise in die Tschechoslowakei zu besuchen.

Jiřina und Michal in Schlitz

Am Samstag, dem 17. Juni, kamen sie in Fulda an – lachend beide. Michals Lachen war erwartungsvoll und draufgängerisch. Jiřina aber lachte leise, wahrscheinlich weil sie froh war, heil im unbekannten Hafen gelandet zu sein und nun einen Teil der Verantwortung für dieses kühne Unternehmen in unsere Hände legen zu können. Ein bißchen Verlegenheit schwang auch in ihrem Lachen mit, wie immer, und die unausgesprochene Bitte: Entschuldigt, daß wir euch soviel Mühe machen.

Wir setzten uns in die Eisdiele gegenüber dem Bahnhof, und sie erzählten vom Aufbruch, von der Reise. Seit fünf Uhr morgens waren sie unterwegs. Unterwegs hatten sie gedöst, waren auch immer wieder eingenickt. Aber jetzt beteuerten sie, hellwach zu sein.

Auf der Fahrt zu uns hatten wir nichts zu bieten als das sanfte Fuldatal. Aber in unserem Städtchen angekommen, führten wir dessen malerischen mittelalterlichen Marktplatz vor, bestiegen den dicken Hinterturm, schauten hinab auf die Dächer.

»Was ist Schlitz schon gegen Prag«, sagte Martin.

Jiřina hatte uns Geschenke mitgebracht: Martin bekam einen ledernen Geldbeutel, ich zwei rosafarbene Tassen aus feinem böhmischen Porzellan. Inzwischen liebe ich ihren geschwungenen Rand. Man kann die Lippen so schön darauf ausruhen.

Jiřina fragte nach meiner Mutter, wollte ihr guten Tag sagen, wollte auch ihr ein Geschenk überreichen. Aber meine Mutter war nicht daheim. Schon eine Woche vorher hatte sie sich von meiner Schwester abholen lassen und wollte erst nach Jiřinas Abreise wieder zurückkommen. Ich führte Jiřina in Mutters Wohnung hinauf, zeigte ihr das gerahmte Rosinkawiesen-Bild, das dort an der Wand hing.

»Ich kann mir vorstellen, was in ihr vorgeht«, meinte Jiřina. »Man muß ihr Zeit lassen.«

Zeit bis wann? Sie ist jetzt siebenundachtzig Jahre alt. Ihr bleibt nicht mehr viel Zeit für eine Versöhnung.

Ein Strauß Gartenblumen erwartete Mutter und Sohn im Gästezimmer. Vor dem Fenster blühten die Kletterrosen. Michal wieselte im Haus, im Garten herum, ungeheuer neugierig, wollte nicht schlafengehen, wollte nichts verpassen. Aber Jiřina zog ihn mit sich die Treppe hinunter.

Sie hatte eine Liste von Sachen mitgebracht, die sie, da in der Tschechoslowakei nicht erhältlich, hier einkaufen sollte: Wünsche von Alois, von Nachbarn, Freunden und Arbeitskollegen. Und, vielleicht, ganz am Schluß auch ein paar Kleinigkeiten für sich selbst. Aber jetzt war erst einmal Sonntag, wir fuhren hinaus ins Grüne, in die Knüllberge hinein, schlenderten über einen Flohmarkt, wo Michal reges Interesse an Matchbox-Autos zeigte – er sei Sammler(!) – und Jiřina sich eine Bluse kaufte.

Auf dem Rückweg kamen wir zu Michals hellem Entzücken an einem Flugplatz für Segel- und Sportflugzeuge vorbei. Wir stiegen aus, schauten zu, und Michal und Martin wurden sogar gebeten, eine Maschine mit zum Startplatz zu schieben. Jiřina mußte fotografieren.

Einkäufe in Fulda. Wir parkten in der Tiefgarage, überquerten den Universitätsplatz zu Fuß, strebten auf das große Kaufhaus zu, das den Platz beherrscht. Mir war nicht wohl zumute. Wieder einmal fürchtete ich, meine Besucher aus der Tschechoslowakei könnten in meinem Land nichts als ein Einkaufsparadies sehen.

Kaum hatten wir das Parterre des Kaufhauses durch die große, gläserne Flügeltür betreten, begannen Michals Augen zu funkeln. Aber Jiřina prallte zurück: »Jeschuschmaria – wo fängt man denn da an?«

Die Woche ging schnell vorbei. Während der Einkäufe in Fulda trafen wir durch reinen Zufall Sepp und Lilli, die uns für den nächsten Nachmittag ins Hessische Kegelspiel zum Kaffee einluden. Michal geriet im Schweinestall vor den Ferkeln in Entzücken, und als ihm Sepp in den Sattel des Wallachs half, platzte er fast vor Stolz. Lilli erzählte Jiřina, welche Freude sie im vergangenen Sommer an Robert gehabt hatte.

Jiřina fuhr von uns aus zwei Tage in die Schweiz, um dort einen schon vor vielen Jahren emigrierten Cousin zu besuchen. Er hatte in der Schweiz studiert und bewohnte nun mit seiner Freundin ein großes Haus irgendwo – ich glaube, bei Chur – auf dem Land. Kopfschüttelnd kehrte sie zurück. »Glücklich ist er nicht«, berichtete sie. »Säähr allein...«

Sie hatte Michal nicht mitgenommen, und er war gern hiergeblieben. Am ersten Tag nahm ich ihn mit in die Schule. Unter meinen Schülern, die ein bis zwei Jahre jünger waren als er, fühlte er sich anfangs deplaziert, empfand sich als sehr viel älter, wissender, reifer. Aber dann, in der Pause im Schulhof, spielte er mit Hingabe den Tormann, und als es Verständigungsschwierigkeiten mit einem rußlanddeutschen Aussiedlerkind gab, das kein Deutsch verstand, dolmetschte er. Denn Russisch lernte er – neben Englisch – in der Schule. Meine Viertkläßler bewunderten ihn mit offenem Mund. Mein türkischer Schüler Cengiz holte ihn am Nachmittag ab und ging mit ihm ins Freibad.

Am nächsten Morgen wollte Michal nicht mehr mit in die Schule, denn ihm bot sich die Möglichkeit, mit Martin in eine Autowerkstatt in Bad Hersfeld zu fahren. Das war in seinen Augen allemal ein attraktiveres Programm. Erst am Nachmittag kamen sie wieder heim – mit repariertem Wagen. Und dann verschwanden beide im Hobbyraum und werkelten an Martins Windrad.

Nur eine Nacht hatte Jiřina Zeit, sich von der Schweizreise auszuruhen. Die Zeit drängte. Schon am nächsten Morgen fuhr sie mit Michal auf den Rhein-Main-Flughafen. Galt er in Prag als touristisches »Muß«? Anschließend kauften sie in Frankfurt ein und kamen erst abends zurück.

Nur noch ein letzter Tag blieb uns. Aber die Rollschuhe, die Jiřina ihrer Freundin mitbringen sollte, waren auf der Einkaufsliste noch nicht abgehakt. Also fuhren wir noch einmal nach Fulda, jagten herum, fanden schließlich das Richtige im letzten Augenblick vor Geschäftsschluß. Jiřina atmete auf. Nun konnte sie guten Gewissens heimfahren.

Ich überlegte, grübelte, suchte: Was konnte ich Jiřina noch als Gegengewicht zu unseren vollen Kaufhäusern mit auf den Weg geben? Ich sprach mit Martin, fragte ihn um Rat. Ihm kam eine rettende Idee: »Fahr doch mit ihnen nach Sassen...!«

Sassen – ja. Das kleine Dorf, sieben oder acht Kilometer von uns entfernt, wo erwachsene Geistigbehinderte in kleinen Gruppen liebevoll von anthroposophisch orientierten Familien betreut werden. Wo niemand über sie lacht, über sie Witze reißt, sie hänselt. Und wo den Behinderten Gelegenheit gegeben wird, in Werkstätten mit ihrer Arbeit zum Wohl des Ganzen beizutragen.

Jiřina zeigte sich hochinteressiert. Wir bereiteten Michal vor, beschworen ihn, nicht zu lachen, auch wenn sich dieser oder jener Bewohner Sassens merkwürdig verhalte und ihm auf ungewohnte Art begegne. Michal versprach, sich alle Mühe zu geben, ernst zu bleiben.

Wir fuhren in das versteckte Tal, in das sich das Dorf wie in ein Nest schmiegt, ließen den Wagen stehen, machten eine Runde zu Fuß. Wir betrachteten die einzelnen Wohnhäuser mit ihren abgerundeten Ecken – typische Bauweise der Anthroposophen –, fanden sie schön, bewunderten die blühenden Hausgärten. Von irgendwoher klang Flötenmusik. Es duftete nach Jasmin und frischer Backware. Behinderte begegneten uns, näherten sich uns freundlich, sprachen uns an, wünschten uns am Nachmittag einen schönen guten Morgen, schüttelten uns die Hand. Einer von ihnen erzählte uns, daß dort drüben schon der große Holzstoß aufgebaut sei, denn heute sei Johannisnacht. Wir sollten auch kommen und mitsingen und dem Feuer zuschauen.

Ich beobachtete Michal. Er blieb ernst. Ich merkte, daß ihn das gar keine Mühe kostete. Hier hatte man den Behinderten ihre Würde gelassen, und das spürte das Kind. Auch Jiřina war tief beeindruckt.

Am Sonntagmorgen brachten wir beide mit einer Menge Gepäck an den Zug. Ich glaube, wenn wir zu Michal gesagt hätten: »Bleib hier!«, er wäre wieder aus dem Zug gesprungen. Jiřina aber schien von der Flut ungewohnter Eindrücke noch wie unter Schock zu stehen, wie noch nicht dazu gekommen, sie zu ordnen und sich neu zu orientieren. Sie bedankte sich gerührt und trug mir Grüße an meine Mutter auf.

»Sag ihr, die Rosinkawiese ist geliebt!«

Schöne Tage mit Robert

Eine Woche später kam Robert an – mit seinem Rucksack und der Reisetasche, die ich Jiřina für die Heimfahrt geborgt hatte. Ich empfing ihn fast wie ein Familienmitglied, das nur eben mal für ein paar Tage verreist gewesen war.

»Herzliche Grüße von allen daheim, und von der Rosinkawiese!«

Martin hatte an diesem Spätnachmittag keine Zeit gehabt, mit auf den Bahnhof zu kommen. Statt seiner hatte ich Andreas mitgebracht, einen Schüler jener Klasse, die Robert für ein paar Tage besuchen sollte. Aus eigener Erfahrung wußte ich, wie unangenehm es ist, in eine Klasse eintreten zu müssen, in der man niemanden kennt. Wenigstens *ein* Gesicht sollte Robert schon vertraut sein!

Gleich nach unserer Heimkehr übergab mir Robert ein Geschenk, das mich besonders freute, ein ganz persönliches Geschenk: einen Stapel Fotos, die er von der Rosinkawiese und seiner Familie gemacht hatte. Es waren nicht nur Bilder vom Haus, vom Teich und vom Park, sondern auch die Aussicht vom Haus auf die Landschaft in alle vier Himmelsrichtungen. Dazu Fotos vom Schuppen, vom Wäldchen, vom Brunnen mit der Handpumpe, ja sogar einen Blick in die Baumkronen! Zwei dieser Schwarzweißfotos füge ich in dieses Buch ein.

Meine Mutter war inzwischen wieder heimgekehrt. Ich führte Robert zu ihr hinauf. Sie erkannte ihn wieder und begrüßte ihn freundlich, und es störte sie nicht, daß er bei den Mahlzeiten mit am Tisch saß. Gegen ihn schien sie keinen Groll zu hegen. Ich versuchte einige Male, wenn Robert nicht dabei war, ihr von Jiřina und Alois zu erzählen, von ihrem großen Bemühen um die Rosinkawiese, unserer Freundschaft. Aber jedesmal verschloß sie sich diesem Thema, schwieg und wandte sich ab.

Andreas kam am Sonntag und spielte mit Robert Tischtennis und Schach, und mit Martin bastelte Robert am Windrad herum. Robert half bei der Küchenarbeit und holte sich Obst aus dem Kühlschrank, wenn er Appetit darauf hatte. Zwischen ihm und uns herrschte kein Gastgeberverhältnis mehr. Er gehörte zu uns.

Er war zeitig genug angekommen, um mit mir und meiner Klasse für vier Tage ins »Haus der Jugend an den Großen Steinen« am Hohen Meißner zu fahren. Als ich meiner Klasse am Montagmorgen im Bus den großen Bruder von Michal vorstellte, waren die Kinder begeistert. Und er konnte, im Gegensatz zu Michal, sogar Deutsch sprechen!

Robert, obwohl fünf Jahre älter als meine Viertkläßler, ordnete sich ohne Schwierigkeiten in das Jugendherbergsleben ein. Das Haus hatte nur sechsunddreißig Betten. Mehr als eine einzige Schulklasse paßte also nicht hinein – zum Glück! Wir waren ganz für uns, wir Schlitzer, konnten die Essenszeiten nach unserem Programm festsetzen, störten niemanden und wurden nicht gestört. Ein uriger Vater, Zollbeamter und nebenbei Landwirt, und eine Mutter, die eine unerschöpfliche Geduld besaß, begleiteten uns.

Robert war immer das, was gerade nötig war: Kind, wenn ihn die Kinder baten, mitzuspielen; Erwachsener, wenn's um Aufsicht, ums Helfen oder Ordnungschaffen ging. Überall sollte er mitmachen, sollte Tormann und Tischtennispartner sein, sollte alle Laubhäuschen bewundern, sollte den Mädchen Stöcke zum Wurstaufspießen schnitzen. Er tat es gern und kehrte nicht den Älteren heraus.

Als am dritten Tag Martin ankam und Robert mit ihm in der Nähe des Hauses zeltete, wurde großes Bedauern laut. Aber alle vereinten sich wieder rund um das Lagerfeuer und brieten sich Würste über der Glut, verdrückten Unmengen von Kartoffelsalat und wurden im Lauf des Abends immer schmutziger, sogar wir Erwachsenen. Als

Das Haus (Foto von Robert)

es schon dunkel war, machten wir noch eine Nachtwanderung, und Martin und Robert übernahmen die Rolle der Gespenster, die mit Taschenlampengefunzel zwischen den Fichten, mit unheimlichem Gegrunz und Gekeuche im Gebüsch das nötige Gruseln bewirkten.

Robert fuhr mit Martin heim, ich fuhr mit meiner Klasse im Bus zurück nach Schlitz. Die Klassenfahrt war ein voller Erfolg geworden, der zu einem guten Teil auch Robert zu verdanken war.

Gleich am nächsten Morgen brachte ich ihn in die Schlitzer Gesamtschule – in eine Klasse, die ich gut kannte, weil ich vier Jahre lang ihre Klassenlehrerin gewesen war. Andreas nahm ihn gleich in Empfang und machte ihn mit den anderen Schülern bekannt. Das Einverständnis des Schulleiters hatte ich schon vorher eingeholt. Der Klassenlehrer wußte Bescheid.

Nach dem Unterricht erwartete mich Robert auf dem

Der Garten (Foto von Robert)

Parkplatz neben meinem Wagen. Er machte einen etwas verwunderten Eindruck. Nein, nicht die aufkommende Unruhe, das wachsende Desinteresse am Unterricht eine Woche vor dem Schuljahresende hatten ihn erstaunt. Das sei bei ihnen daheim ähnlich: Sobald die Notenkonferenz stattgefunden habe, nähmen die Schüler die Schule nicht mehr ernst. Etwas ganz anderes unterscheide das Schulleben hier von dem daheim: Hier sei der Lehrer für die Schüler nicht Chef, sondern Partner. Das habe er schon auf der Klassenfahrt gemerkt.

Schon an diesem Freitag, seinem ersten Schultag in der Bundesrepublik, begann das diesjährige Trachtenfest. Zu Hause angekommen, las ich Robert aus der Zeitung vor, daß diesmal auch zwei tschechische Gruppen mitmachten: die Trachtenkapelle »Štribrnanka« aus Hradiste-Kunovice und die Trachtengruppe »Osvetova Beseda« aus Postrekov. Die eine Gruppe sei in Hutzdorf untergebracht, die andere in Pfordt. Ob er nicht hingehen und mit seinen Landsleuten sprechen wolle?

Robert hörte aufmerksam zu, betrachtete die Fotos der tschechischen Gruppen sehr genau. Aber mit den Leuten zu sprechen reizte ihn nicht. »Tschechen zum Reden habe ich immer«, meinte er. »Solange ich hier bin, übe ich mich lieber im Deutschen...«

Es war wirklich unglaublich, wie wenig Arbeit Robert machte. War er gerade da, half er den Tisch decken, half ihn nach der Mahlzeit wieder abräumen, trug mir meine Einkäufe vom Wagen die Treppe hinauf zum Haus, machte sein Bett selbst, übernahm Einkäufe im Supermarkt für den Haushalt und ließ sich nur mühsam ausreden, seine Wäsche selbst zu waschen. Er murrte nicht, wenn er sich ein Abendessen oder Frühstück allein zubereiten mußte. Kurz: Er war ein pflegeleichter Hausgenosse.

Drei Tage lang drehte sich in Schlitz alles um das Trachtenfest. Martin und Robert stürzten sich in das abendliche Gewühl. Die ganze Stadt war zum Rummelplatz geworden. Rund um die Autoscooter-Rampe gab's Gedränge, riesige Karussellscheiben drehten sich und schlingerten und bewirkten Gekreisch: Mutprobe für die Halbwüchsigen. In Wein- und Bierzelten und an den Würstchen- und Schaschlikbuden unter dem hellerleuchteten Burggemäuer herrschte Hochbetrieb.

An einem der Abende, als Martin bei der Großmutter blieb, ging auch ich mit Robert über den Rummelplatz. Kinder meiner Klasse winkten uns zu, hängten sich an Robert. Der aber war vor allem auf einen Stand fixiert: Dort ließ sich auf Knopf- und Hebeldruck ein Greifarm in einem großen Glaskasten bewegen. In diesem durchsichtigen Behälter lagen lauter handgroße Kuscheltiere ungeordnet durcheinandergeworfen. Wenn man den Greifer geschickt dirigierte und sich noch dazu beeilte, konnte man ein Stofftier aus dem Haufen herausgreifen und in eine offene Schublade fallen lassen. Schon am vergangenen Abend hatte er bei zwei Versuchen ein Ku-

Robert im Sommer 1989 in Schlitz

scheltier erwischt. Das wollte er seiner Mutter als Andenken mitbringen. Ich gab ihm zwei Mark, und er hatte wieder Glück: Diesmal war's ein Häschen. Er wollte es mir schenken, aber ich überredete ihn, es für seine Großmutter mitzunehmen.

Mit leiser Wehmut dachte ich an den kleinen Zirkus, die wunderschönen Kinderkarussells, die uralten Schießbuden mit ihren derb-komischen, beweglichen Figuren auf dem Stromovka-Rummelplatz in Prag zurück. Wieviel besser hätten diese nostalgischen Attraktionen in unser altes Städtchen gepaßt, das im Getriebe unserer modernen Zeit wie eine Museumsinsel wirkt! Aber gegen so altmodischen Kram hätte die Schlitzer Jugend sicher eine Menge einzuwenden.

Als der Festzug stattfand, blieb ich bei meiner Mutter daheim, während die beiden Jungen nahe der Festtribüne auf eine Mauer stiegen und von dort eine großartige Aussicht auf die vorbeiziehenden Trachten- und Tanzgruppen, historischen Wagen, Spielmannszüge und Musikkapellen hatten. Robert habe gegrinst, als die Tschechen – sehr attraktive Gruppen – vorüberzogen, habe ihnen aber nicht mehr und nicht weniger zugewinkt als allen anderen.

Am Abend beobachteten wir von unserem Balkon aus das »große Höhenfeuerwerk«, das auf dem dicken Hinterturm gezündet wurde. Während die Kaskaden sekundenlang Licht und Farbe auf die Dächer von Schlitz herabsprühten, versuchte Robert diese Bilder mit seinem kleinen Fotoapparat, auf Martins Stativ montiert, für spätere Erinnerung einzufangen. Mir aber machte das leuchtende Farbenspiel wieder einmal bewußt, wie lieb ich diese kleine Stadt im Lauf der Jahre gewonnen habe.

Einen Tag nach dem Fest reiste Martin – zu Roberts großem Bedauern – nach Skandinavien ab. Gleich nach der Heimkehr aus der Schule legte sich Robert hin, todmüde von den langen Nächten des Festes, und verschlief den Rest des Tages.

Am letzten Schultag, an dem nur noch die Zeugnisse übergeben wurden, ging Robert nicht mehr zur Schule, sondern fuhr auf den Rhein-Main-Flughafen und nach Frankfurt. Ich konnte mir vorstellen, wie Jiřina und Michal daheim in Prag von diesem Ausflug geschwärmt und ihm ans Herz gelegt hatten, ihn nicht zu versäumen. Ich brachte ihn schon sehr früh zum Bus. Am Abend kam er müde und voll von Erlebnissen mit schwerem Gepäck heim: Er hatte ein Radio in Frankfurt gekauft. Und mitten in der City war er zufällig Zeuge eines schweren Verkehrsunfalls geworden.

Am Samstag kam Onkel Sepp und holte ihn ab. So war es ausgemacht. »Der ganze Ort« freue sich schon auf ihn. Eine Woche lang sollte er dortbleiben – bis einen Tag vor der Heimfahrt.

Ich rief öfter an, fuhr auch einmal selbst hin. Robert ging es gut, er kümmerte sich um die Schweine und Schafe, führte das Pferd Manolito auf die Weide, ging mit Onkel Sepp wieder kegeln und hatte Geduld mit Frieder, der sich schon wochenlang auf ihn gefreut hatte und nun ständig an ihm hing. Während dieses Aufenthalts lernte er Mörtel mischen und mauerte selbst an einem Neubau im Dorf mit. Was für ein Spaß!

Sepp ermunterte ihn, Manolito zu besteigen. Roberts reiterliche Unerfahrenheit spürend, setzte der Wallach über den nächsten Zaun und schickte sich an, davonzugaloppieren. Es gelang Robert, sich beim Sprung im Sattel zu halten. Als er Onkel Sepp brüllen hörte: »Zieh die Zügel an!«, tat er es, und das Pferd blieb stehen. Später erzählte mir Sepp, ihm sei in diesem kritischen Augenblick vor Angst der Schweiß ausgebrochen. Robert merkte nichts davon. Onkel Sepp neckte ihn, nannte ihn einen »olympiareifen Springreiter«.

Frieders Eltern luden Robert für den Samstag, an dem er eigentlich schon hätte abreisen müssen, zu einer Fahrt an den Edersee ein, natürlich zusammen mit Frieder. Dazu mußte allerdings erst Vater Alois' Einverständnis eingeholt werden. Beim nächsten Anruf aus Prag bekam Robert die Erlaubnis, erst am Sonntag heimkommen zu dürfen.

Am Samstagabend brachte ihn Sepp nach Schlitz, und es gab viel zu erzählen: von einer Ruderbootfahrt über den Edersee, der Besichtigung einer Burg, einem großartigen Essen auf einer Restaurant-Terrasse. Ich bestaunte die teuren Turnschuhe, die er trug. Die hatte ihm Tante Lilli gekauft, und er war sehr stolz auf sie.

Bekümmert verabschiedete er sich von Onkel Sepp, der ihm das Versprechen abnahm, im nächsten Jahr wiederzukommen. Und Onkel Sepp mußte versprechen, mit Tante Lilli nach Prag zu kommen und die Rosinkawiese zu besuchen.

»So ein Junge«, sagte Sepp zu mir, als er schon im Wagen saß, »nein, so ein Junge...«

»So ein guter Mensch, der Onkel Sepp«, sagte Robert, als er mit mir die Treppe zum Haus wieder hinaufging.

Ich nickte. Wie recht er hatte! Ich dachte an die unzähligen Male, die Sepp und Lilli uns beigestanden hatten: selbstlos nicht nach der Mühe fragend, spontan helfend, immer geduldig, auch wenn ich manchmal ungeduldig geworden war. Immer nur für die anderen da – für die Verwandten, die Nachbarn, die Freunde. In seiner Hilfsbereitschaft, seiner Tier- und Kinderliebe erinnerte mich Sepp geradezu an meinen Vater – obwohl er doch schon rein äußerlich ganz anders war: größer, kräftiger, wendiger. Ein Draufgängertyp.

Sepp hatte am Krieg teilgenommen. Als Siebzehnjähriger war er eingezogen worden, war vom Hitler-Regime mißbraucht worden als Menschenmaterial, als Kanonenfutter.

Robert wußte, daß Onkel Sepp deutscher Soldat gewesen war – unter anderem in der Nähe von Prag. Dieser Junge ist nicht der Typ, der sich über solche Probleme keine Gedanken machen würde. Ich habe ihn nie danach gefragt, und auch er äußerte sich mir gegenüber nie zu dieser Sache. Aber ich spürte jetzt, daß er Onkel Sepp liebte. Trotz allem. Über alles hinweg.

Auf seinem Tisch türmte sich all das, was er mitnehmen wollte und sollte. Es war fast unmöglich, es so zu verstauen, daß er es von der Stelle bekam. Das Radio packten wir senkrecht, in Wäsche gewickelt, in seinen Rucksack. Auf unserem Dachboden stöberte ich einen großen alten Pappkoffer auf. Er wurde zum Platzen voll; die Tüte mit dem Proviant mußte Robert noch in die Hand nehmen. Aber ich brachte ihn ja zum Zug, half ihm beim Einsteigen. Auf dem Fensterplatz, den er diesmal gleich fand, konnte er sitzenbleiben, bis ihn sein Vater in Dresden auf dem Bahnsteig in Empfang nehmen würde.

Der Zug hielt nur drei Minuten. Uns blieb kaum Zeit, voneinander Abschied zu nehmen.

»Komm wieder!« rief ich ihm zu, als er hastig das Fenster herunterschob.

»Du auch. Ihr auch«, rief er zurück, während sich schon der Zug in Bewegung setzte. Ich winkte ihm nach, bis ich den blonden Schopf, den winkenden Arm nicht mehr sehen konnte.

Das war am 23. Juli 1989.

*Schlitz, am Neujahrstag 1990,
vier Wochen nach der friedlichen
Revolution in der Tschechoslowakei*

Liebe Leser,

schon Anfang Dezember hatte mir Robert in einem Brief freudestrahlend über die Geschehnisse in Prag berichtet. Und eben rief Alois an. Er wünschte uns im Namen seiner Familie ein gutes Neues Jahr. Ich beglückwünschte ihn zum neuen, freiheitlich-demokratischen System in seinem Land. Er konterte, indem er mich zu meiner Hoffnung, die sich durch seine Schwarzseherei nicht habe dämpfen lassen, und zu meinem Optimismus beglückwünschte, der recht behalten habe. Jetzt sehe er wieder Land, sehe Zukunft für seine Kinder, sei erleichtert darüber, daß die Tschechoslowakei und Deutschland von nun an unverkrampfter, lockerer miteinander umgehen können. Und er fügte trocken hinzu: »Darin haben wir – privat – ja schon Übung, nicht wahr?«

Als ich das letzte Mal auf der Rosinkawiese gewesen bin, hat mir Alois die Löcher gezeigt, die die Holzwürmer in die Balken des Hauses gefressen haben. Während fast jeden Aufenthalts auf der Rosinkawiese – so erzählte er mir – sei er dabei, ein Mittel gegen Holzwürmer in ihre Gänge zu sprühen und die Löcher zu versiegeln. Aber das sei ein aussichtsloser Kampf. Er höre die Holzwürmer lachen...

Robert hatte, als er uns in diesem Sommer besuchte, auf seiner Einkaufsliste auch den Posten *Holzwurmvernichtungsmittel* stehen. Ich hatte Martin mit Robert losgeschickt, aber sie waren zurückgekommen, ohne eingekauft zu haben: Voraussetzung für den Einkauf sei zu wissen, in welcher Holzart der Wurm sitze. Robert hatte es nicht gewußt.

»Fichte«, sagte ich, ohne überlegen zu müssen.

Ich verwies den Jungen an Onkel Sepp. Aber zu diesem Problem schüttelte der nur den Kopf. »Wenn der Holzwurm einmal drinsitzt«, meinte er, »kann man ihn nur noch dadurch loswerden, daß man das ganze Haus auseinandernimmt, jeden einzelnen Balken, jedes Brett, jeden Sparren eine Weile in eine Holzschutzbrühe taucht – und dann alles wieder zusammensetzt.« Er lachte traurig.

»Das heißt also«, sagte ich, »daß nichts mehr zu machen ist.«

Er zuckte mit den Schultern. »Es ist eine Frage der Zeit, wie lange die wurmstichigen Balken die Last tragen können.« Und er fügte als Trost hinzu: »Meistens länger, als man befürchtet.«

Das Schicksal des Rosinkawiesenhauses ist also besiegelt. Alois wird es zu erhalten suchen, so lange er kann. Denn er und seine Familie hängen daran.

Im vergangenen August rief ich einmal in Prag an. Robert war am Telefon. Er erzählte mir, die ganze Familie werde die beiden letzten Ferienwochen auf der Rosinkawiese verbringen.

»Dort ist es so schön«, sagte er. »Das weißt du ja. Aber immer Arbeit! Jetzt müssen wir den Kamin und das Dach reparieren...«

Ja, das weiß ich auch: Arbeit ohne Ende. Und Kosten. Ich hatte noch ein paar Tausender unkonvertierbarer Tschechenkronen – Honorar für zwei meiner Romane, die vor ein paar Jahren in Prag erschienen waren – auf dem Konto der Agentur stehen, die meinen Verlag in der Tschechoslowakei vertritt. Diese Agentur wies ich gleich nach dem Telefonat an, Alois die Summe auszuzahlen. Das ist der mindeste Beitrag, den ich zum Erhalt der Rosinkawiese beisteuern kann.

Aber was ist schon ein Haus? Wenn es eines Tages

zusammenfällt, werden Alois, Robert und Michal ein neues an seinen Platz bauen. Wahrscheinlich keine Kopie der Rosinkawiese, sondern ein Haus, das neuen Ideen, junger Phantasie entspringt. Ich könnte mir gut vorstellen, daß Martin Spaß daran hätte, ihnen beim Bau zu helfen.

Aber wann das alte Haus zusammenfällt und ob an seinem Platz ein neues entsteht, hat nichts mit unserer Freundschaft zu tun. Deren Holz ist gesund.

Und gesund ist wohl auch das Land, das sich einen Dichter zum Staatspräsidenten wählt.

Zur Taschenbuchausgabe 1993

Im Sommer 1990, etwa zu der Zeit, als dieses Buch erschien, äußerte meine Mutter plötzlich den Wunsch, die Rosinkawiese noch einmal wiederzusehen. Gleich am nächsten Tag brachen wir auf. Trotz ihrer 88 Jahre überstand meine Mutter die Strapaze der Reise gut, vergoß auf der Rosinkawiese keine Träne und zeigte sich von der Herzlichkeit ihrer jetzigen Besitzer tief gerührt.

Und noch etwas anderes hat sich seit der ersten Veröffentlichung dieses Buches geändert: Die Rosinkawiese liegt nicht mehr in der Tschechoslowakei, sondern in der Tschechischen Republik. Ich wünsche dem sympatischen kleinen Land einen guten Stern.

Ravensburger® Bücher

Gudrun Pausewang
**Geliebte Rosinkawiese –
Die Geschichte einer Freundschaft
über die Grenzen**
20 Jahre später kehrt die Autorin erstmals
zurück. Fremde bewohnen jetzt ihr
Elternhaus. Fremde, die die Tür öffnen und
Freundschaft anbieten.
160 Seiten.
ISBN 3-473-**35113**-X
DM 24,80

Auf der Rosinkawiese, bei Wichstadtl – dem heutigen Mladkov – im Adlergebirge gelegen, hat Gudrun Pausewang ihre Kindheit verbracht, von der Rosinkawiese mußte sie 1945 mit der Mutter und fünf Geschwistern fliehen. Erst 1964 sieht sie den Ort ihrer Kindheit wieder.

Von Ravensburger® gibt es: Spiele, Puzzles, Hobby- und Malprogramme,
Kinder- und Jugendbücher, Sachbücher.

Gudrun Pausewang im dtv

Foto: Kraufmann + Scheerer

Die Freiheit des Ramon Acosta

Der »Aussteiger« Ramon Acosta versucht mit seiner Freundin im Urwald zu überleben. Doch das Paradies wird zur Hölle...
dtv 10122

Kinderbesuch

Ein deutsches Ehepaar besucht seine in Südamerika lebende Tochter. Tief beeindruckt vom Reichtum des Schwiegersohns, stehen sie der Armut und dem Elend rund um das vornehme Villenviertel verständnislos gegenüber. Als sie eines Tages allein zu Hause sind, öffnen sie einem kleinen bettelnden Mädchen die Tür... dtv 10676

Der Weg nach Tongay

Durch eine südamerikanische Wüstenlandschaft führt der Weg einer alten Drehorgelspielerin. Fast Unmenschliches fordert ihr diese Reise ab, auf der sie ein hergelaufener Hund begleitet, der zu ihrem ganzen Lebensinhalt wird.
dtv 10854

Pepe Amado

Die unglaubliche Geschichte eines Schwarzen in Südamerika, der wie ein Sklave gehalten wird, bis man ihm eines Tages einen Vulkan »schenkt«. Ein modernes Märchen, das von der Lüge und der Hoffnung auf Veränderung erzählt. dtv 11088

Aufstieg und Untergang der Insel Delphina

In den ersten dreihundert Jahren, nachdem Delphina aus dem Karibischen Meer aufgetaucht ist, geschieht dort fast nichts, in den folgenden dreihundert Jahren bis zu ihrem Untergang um so mehr...
dtv 11218

Marlen Haushofer im dtv

Foto: Peter J. Kahrl, Etscheid

Begegnung mit dem Fremden
Siebenundzwanzig zwischen 1947 und 1958 entstandene Erzählungen.
dtv 11205

Die Frau mit den interessanten Träumen
Zwanzig Kurzgeschichten aus dem Frühwerk der großen österreichischen Erzählerin. dtv 11206

Bartls Abenteuer
Kaum stubenrein, wird der kleine Kater Bartl von der Mutter getrennt und muß sich in seinem neuen Zuhause einrichten. Zögernd beginnt er die Welt zu erkunden, besteht Abenteuer und Gefahren, erleidet Niederlagen und feiert Triumphe, wird der Held der Katzenwelt und in der Familie die »Hauptperson«.
dtv 11235 / dtv großdruck 25054

Wir töten Stella
und andere Erzählungen
»Marlen Haushofer schreibt über die abgeschatteten Seiten unseres Ichs, aber sie tut es ohne Anklage, Schadenfreude und Moralisierung.« (Hessische Allgemeine) dtv 11293

Schreckliche Treue. Erzählungen
»...Sie beschreibt nicht nur Frauenschicksale im Sinne des heutigen Feminismus, sie nimmt sich auch der oft übersehenen Emanzipation der Männer an...« (Geno Hartlaub)
dtv 11294

Die Tapetentür
Eine berufstätige junge Frau lebt allein in der Großstadt. Die Distanz zur Umwelt wächst, begleitet von einem Gefühl der Leere und Verlorenheit. Als sie sich verliebt, scheint die Flucht in ein »normales« Leben gelingen... dtv 11361

Eine Handvoll Leben
Eine Frau kehrt unerkannt in das Haus ihrer Familie zurück, das sie vor vielen Jahren verließ, um eine gar nicht so unglückliche Ehe und eine leidenschaftliche Affäre aufzugeben. Marlen Haushofer glaubt nicht an die Idylle. dtv 11474

Die Wand
Eines Morgens wacht eine Frau in einer Hütte in den Bergen auf und findet sich, allein mit ein paar Tieren, in einem Stück Natur eingeschlossen von einer unüberwindbaren gläsernen Wand, hinter der offenbar keine Menschheit mehr existiert. dtv 11403

Ilse Gräfin von Bredow:
Kartoffeln mit Stippe
Eine Kindheit in der
märkischen Heide

Das »reizende Fleckchen Erde«, wie es die Sommerfrischler nennen, ist in den Augen seiner Bewohner das »mickrigste« Dorf weit und breit. Aber es ist ein Kindheitsparadies. Hier leben in einem höchst ungräflich einfachen Forsthaus die Bredows, Nachfahren eines der ältesten Adelsgeschlechter in der Mark Brandenburg. Und hier wachsen in den dreißiger Jahren Ilse und ihre Geschwister auf. Es ist eine glückliche Kindheit, an die sie sich erinnert, geprägt von der geliebten Mutter, dem bärbeißig-gutmütigen Vater, von skurrilen Verwandten, ehrgeizigen Erzieherinnen, von Hausmädchen, Spielkameraden und den Leuten aus dem Dorf mit all ihren Tugenden und Schwächen. Bredow erzählt mit »herzerfrischender Natürlichkeit« (Verena Auffermann in der ›Rhein-Neckar-Zeitung‹), »naiv, frisch, ehrlich und echt« (Geno Hartlaub im ›Deutschen Allgemeinen Sonntagsblatt‹). dtv 11537